아들과

아버지의

시간

여행을 통해 내 삶의 유산을 남겨 주는

아들과 아버지의 시간

박석현 지음

바이북스
ByBooks

프롤로그

어릴 적, 아버지와 단둘이 떠난 여행은 한 번도 없었다. 그 시절에는 그것이 당연했지만, 아버지는 늘 바쁘셨다. 그래도 우린 가끔씩 가족여행이라도 다니곤 했으니 그 시절의 나는 복 받은 축에 든다.

내가 성장하여 제일 먼저 든 생각은 집을 떠나고 싶다는 것이었다. 그저 새로운 곳으로 떠나 새로운 사람을 만나고 싶었고, 새로운 경험을 해보고 싶었다. 어린 시절부터 마음속에 자리 잡고 있었던 조그만 소망이었다. 어디로든 좋았고, 무엇이라도 좋으니 나에게는 내 삶의 새로운 전환점이 필요했다.

군대를 다녀와 서울에서 잠시 생활하며 일을 했다. 그해 10월, 내 나이 스물네 살. 생애 처음으로 혼자서 먼 곳으로 여행을 떠났다. 새로운 곳에 처음 발을 디딘 나에게 세상은 설렘으로 다가왔다. 가슴 한 가득 그 설렘을 안고 공항 밖으로 나가 이윽고 새로운 세상과 처음으로 마주했다. 공항을 지나 시내로 들어가 새로운 일상과 마주했다.

여행자의 시선으로 바라본 그곳은 모든 것이 새로웠다. 스쳐 지나가는 자동차, 바쁘게 움직이는 사람, 길가에 서 있는 휴지통, 담벼

락 아래 예쁘게 피어오른 꽃들까지 그냥 스쳐 지나갈 수가 없었다. 모든 것에 나름의 의미가 있었다. 왜 떠나오기 전 나의 일상에서는 그 의미를 알지 못했을까. 익숙함에 속은 내가 의미 있는 모든 것들을 그저 의미 없이 흘려보낸 것은 아닌가 싶었다.

일상에서 벗어나 새로운 곳에서 만나는 풍경은 사소한 것 하나도 새로운 의미로 다가오지 않는 것이 없었다. 자신이 키우고자 하는 작물 이외의 것을 '잡초'라고 부른다. 그 잡초에 이름을 붙이고, 의미를 부여하여 키우기 시작하면 그때부터 잡초는 화초가 된다. "내가 그의 이름을 불러 주었을 때 그는 나에게로 와서 꽃이 되었다"라는 김춘수 시인의 〈꽃〉이 생각나는 시간이 여행 내내 지속되었다. 의미를 부여하고 새로운 시각으로 바라보니 모든 것들이 새로운 '의미'가 되어 나에게 다가왔다.

찬란했던 이십대 시절. 그때부터 지금까지, 여행을 하며 새롭게 만난 세상에서 얻은 삶의 지혜를 《아들과 아버지의 시간》을 통해 풀어내고자 한다.

　몇 달씩 여행을 한 뒤 한국으로 돌아와 생활을 하고, 또 여행을 떠났다가 다시 일상으로 돌아오기를 몇 차례 반복했다. 오랜 시간 여행을 하다 보니 여행을 통해 얻은 삶의 지혜가 삶에 직간접적으로 와 닿아 삶의 여러 부분에 적용되었다. 여행만큼 인생을 배우기에 좋은 것이 없었다. 배낭 하나 둘러메고 방랑자처럼 홀로 20여 개국을 여행한 경험은 내 삶의 큰 밑거름이 되었고, 살아가는 원동력이 되었다. 이십대 후반 결혼을 해서 가정을 꾸렸다. 아이가 태어나니 더 이상 혼자 여행을 하는 방랑자로서의 삶을 살기는 쉽지 않았다. 그 후로는 가족과 함께 여행을 떠나야 했다. 대신 홀로 여행하며 방랑자의 삶을 살았던 시절의 향수를 가족과 함께 나누었다. 그리고 사랑하는 아들과 함께 여행을 하며 새로운 의미를 만들어 나가기 시작했다.

　지난 시절 여행을 많이 다녀본 독자라면 옛 시절에 대한 추억과 공감을 불러올 수 있을 것이다. 만일 그러지 못한 독자라면 이 책에서 소개하는 다양한 여행을 통해 새로운 경험을 해볼 수 있을 것이다. 지나온 삶을 돌이켜보고, 남은 인생을 새롭게 계획하는 데 도움을 주는 편안한 친구 같은 책이 되고자 모든 글을 써내려갔다. 더불어 여행을 가든 못 가든 이 책을 통해 삶의 지혜와 재미를 느끼며 편안한 책상여행을 떠날 수 있다면, 그것만으로도 충분할 것이다.

이 책은 아들과 아버지의 여행에만 국한된 것이 아니다. 딸과 어머니의 여행이 될 수도 있고, 배우자와 '나'의 여행, 그리고 친한 친구와의 여행이 될 수도 있다. 《아들과 아버지의 시간》에서 등장하는 아들과 아버지는 여행의 매개체 역할을 해줄 뿐이다. 딸이 있는 독자는 딸과 아버지의 여행 또는 딸과 어머니의 여행으로 해석하면 책의 내용이 좀 더 친근하게 다가올 것이다.

이 책이 나오기까지 도움을 주신 많은 분들에게 감사드린다.

늘 삶의 화두를 던져주어 성장의 발판을 마련해주신 사랑하고 존경하는 부모님이 가장 먼저 떠오른다. 가끔은 남보다 불편하고, 때로는 너무도 애틋한 가족이라는 관계 속에서 나를 돌아보게 되었다. 가족과 함께하는 시간 속에서 《아들과 아버지의 시간》이 만들어졌다.

어른이 된다는 것은 그저 나이 들어간다는 것이 아니다. 결혼을 해야 어른이 되고, 자식을 낳아 길러보아야 비로소 진정한 어른이 된다고들 말한다. 나를 진정한 어른으로 그리고 아빠로 만들어준, 세상에서 가장 사랑하는 딸과 아들로 인해 이 책이 태어났다. 더불어 늘 나를 믿고 지켜봐주며 이 소중한 아이들을 나에게 안겨준, 사랑하고 존경하는 아내에게 고마움을 전하며, 그들 모두에게 이 책을 바친다.

아들과의 여행은 늘 행복하고 특별하다. 아들과 아버지가 함께하는 여행의 시간 속에서 나의 경험과 생각을 조심스럽게 독자들과 나누고자 한다. 평생 다시 만나기 힘든 여행. 《아들과 아버지의 시간》

속으로 독자 여러분을 초대한다. 여행을 떠날 준비가 되었다면 이제 심호흡을 길게 한번 하고 함께 여행을 떠나보자.

CONTENTS

Chapter 2

우리 모두의 고향은 지구별

Chapter 3

자유로운 영혼들의 특별한 여행

Chapter 4

생각 너머로 떠나는 시간

Chapter 1

아빠와 아들,

여행을 떠나면

단둘이

01

사랑하는 아들,
우리 여행 갈까?

"아빠, 우리 여행 가자."

아들이 대여섯 살쯤 되었을 때 문득 이런 이야기를 했다. 아이가 어릴 때부터 자주 여행을 다녔는데, 아들이 먼저 여행을 가자고 말한 것은 처음이었다. 어린 나이에 뭔가 떠나야 할 필요성을 느낀 것일까? 단지 심심해서일까? 맛있는 음식도 먹어본 사람이 먹는다고 했듯이, 여행도 어릴 적부터 계속해온 습관이 들어서 그런가 보다 싶었다. 주말 오후 갑자기 여행을 떠나자고 하니, 어디로 가야 하나 순간 당황했다. 그리고 어떤 여행을 해야 하나 망설여졌다. 아들에게서 여행 가자는 이야기를 처음 들은지라 뭔가 거창하게 해줘야 한다는 생각을 했던 모양이다. 그저 떠나면 여행旅行인 것을…….

어릴 적 나의 아버지는 늘 바쁜 분이었다. 아침에 출근할 때 잠시

아들과 여행을 떠나면 다양한 놀이를 하며 시간을 보낸다.
나이가 들어 함께하고 싶을 때 아들이 바쁘다고 하면 어쩌나 하는 생각을 해봤다.
"아빠 나 바빠요."
생각만 해도 서글퍼진다.

얼굴을 보고 나면, 보통 술을 한잔하고 늦게 들어오시는 경우가 많았기에 저녁에는 얼굴을 볼 기회가 드물었다. 시간이 흐르고 내가 조금 크고 난 뒤 아버지가 얼핏 말씀하셨다.

"내가 술을 마시고 싶어서 마실 때도 있지만, 마시기 싫은데 할 수 없이 마시는 경우도 있다."

그때는 그 말이 술을 좋아하는 아버지의 변명으로만 들렸다. 하지만 조금 더 크고 나니 알 수 있었다. 반은 맞고 반은 틀렸다는 것을⋯⋯.

아버지를 닮았는지 유난히 술을 좋아하는 나도 가끔 아내에게 말한다.

"내가 술을 좋아해서 마시는 경우도 있지만 할 수 없이 마시는 경우도 있어요."

사회생활을 하며 술을 마시기 싫은데도 불구하고, 자리가 자리인 만큼 피할 수 없기에 할 수 없이 마신다는 핑계가 섞인 내 말도 반은 맞고 반은 틀렸다. 사실은 술을 좋아해서 마시는 경우가 훨씬 더 많기 때문이다. 마음씨 좋은 아내는 내가 술을 좋아해서 마시건 할 수 없이 마시건 늘 이해해주니 고마울 따름이다. 시간이 흐르고 내가 아버지의 나이쯤 되어서야 그때 아버지가 하신 술에 대한 변명을 어느 정도 이해할 수 있었다.

우리 시대의 아버지는 대부분이 엄했고, 가부장적이었다. 아버지 앞에서는 항상 무릎을 꿇고 앉았고, 아버지와의 대화는 '예', '아니요'가 전부였다. 나는 어린 시절부터 딸은 귀하게 커야 하고, 아들은 엄하게 자라야 한다는 말을 늘 들으며 자랐다. 아버지에게 많이 혼났고, 칭찬이라고는 별로 들은 기억이 없다. 그때는 다른 집들도 다들 그런가 보다 싶었다. 하지만 나도 아이였기에 마음 한편에는 늘 아버지에 대한 원망과 불만이 가득했다. 자식이니 사랑은 하셨겠지만, 표현하지 않는 사랑은 반쪽짜리 사랑이라는 말도 있듯이 한 번쯤 표현하는 사랑을 받고 싶은 마음이 있었다. 아이였던 나는 아버지의 관심과 사랑이 그리웠다. 어린 시절의 그 기억은 내가 훗날 가정을 가지면 우리 아이들에게 사랑을 많이 표현하며 길러야겠다고 다짐하는 계기가 되었다.

그런데 가만히 생각해보면 아버지의 사랑은 표현하지 않고 그냥 지켜보는 것이었던 것 같다. 어린 시절 정말 큰 잘못을 저질렀을 때 '이제 죽었구나' 싶었는데, 아버지는 "이런 실수는 평생에 한 번이면 족하다"는 말을 끝으로 무덤덤하게 사건을 덮으셨다. 그때 알았다. '이게 바로 아버지의 사랑법이구나' 하는 것을. 그때 일을 계기로 '김민우' 가수의 노래 〈나의 어머니〉가 많이 생각났다. "내가 조금만 잘못해도 야단을 치셨을 때엔 그게 사랑인 줄 몰랐지만 너무 큰 잘못으로 나를 모두가 외면했을 땐 끝까지 사랑과 용서를 하신 나의 어머니 사랑을 그때 알았어요"라는 가사가 특히 마음을 울렸다. 어머니를 향한 노래이지만 나에게 이 노래는, 이 노래 가사는 늘 아버지를 떠오르게 한다. 그 이후에도 틈만 나면 혼이 났지만 그 사건으로 아버지의 '큰 사랑'을 알았기에 이전처럼 그렇게 많이 섭섭하지는 않았다. 그냥 조금, 가끔, 아주 조금 서운할 뿐이었다. 아버지와 나는 아직까지도 서먹서먹하다. 아무래도 어린 시절부터 이어져온 어색함이 크게 자리하고 있기에 그런 듯하다. 그래서 아이가 어릴 때부터 부모와 맺는 관계가 중요하고, 또한 그것이 아이의 평생에 영향을 미친다고 하는가 보다.

우리 시대의 아버지들은 열심히 돈을 벌어 가족을 부양하는 것이야말로 아버지의 최고 덕목이자 역할이라 여기며 살았다. 물론 세상이 변했지만 지금도 그 역할을 중요시하고 거기에만 치중하며 살아가는 아버지들이 많이 있을 것이다. 하지만 사실 아들은 아버지와의 감정적 교류를 더 원한다. 바로 그것이 아들들의 가슴속 깊이 숨겨진 진실된 마음이다. 아들과 가장 잘 놀아줄 수 있는 사람은 바로 아버지이며, 아들의 마음을 가장 잘 이해해줄 수 있는 사람도 아버지이다. 그 아버지도 예전에는 누군가의 아들이었기 때문이다. 나이가 들어 나도 아버지라는 이름으로 살고 있지만 사실 모든 아버지는 잠재의식 속에 개구쟁이 기질이 있고, 누구보다 아이들과 잘 소통할 수 있는 유전자가 있다. 마음만 먹으면 세상에서 가장 좋은, 아들의 친구가 될 수 있다.

여행은 상대와 마음을 터놓고 이야기하기 참 좋은 수단이다. 여행은 관계, 분위기, 주제 모든 것을 자연스럽게 만들어준다. 그래서 여행은 아들과 아버지가 속 깊은 이야기를 나눌 수 있는 가장 좋은 방법이다. 지금 아들과 아버지의 관계가 어색하다면 당장 여행을 떠나길 바란다. 물론 아이가 태어나서부터 커나갈 때까지 관계가 어색해지지 않도록 꾸준히 노력하는 것이 가장 좋은 방법이다. 하지만 아버지라는 사람은 사회생활이 시작되면 그러기가 쉽지 않다. 안다. 퇴근하면 피곤하고 주말만 되면 더 피곤하다. 그래도 쉽지 않기에 도전해볼 만한 가치가 있지 않은가. 자녀와의 좋은 관계 형성은 세상에서 가장 가치 있는 일이라고 해도 과언이 아니다.

아이들은 생각보다 훨씬 빨리 자란다. 눈 깜박하면 초등학교를 입학하고, 눈 깜박하면 어느새 고등학교를 졸업한다. 아이가 부모 품에 있는 시간은 스무 살까지다. 그런데 함께 여행을 즐길 수 있는 시간은 온전히 20년을 채우지 못한다. 어려서 의사소통이 잘되지 않을 때와 공부하느라 한창 바쁠 때를 제외하면 10년이 채 되지 않는다. 1년 52주 중에서도 자연적인 방해요소와 약속이 있을 때를 제외하면 이보다 훨씬 줄어들어 1년에 여행을 할 수 있는 날이 얼마 되지 않는다. 사랑하는 아이들과 제대로 된 여행 한번 못 가보고, 행복한 추억 한번 못 만들어보고, 아쉬움으로 가득한 지나버린 어제를 만들어서야 되겠는가.

사춘기에 접어든 아들과 아버지의 사이는 어색해지기 마련이다. 이럴 때 함께 떠나는 여행을 통해 서로를 이해하고, 아버지는 아들에게 '물질적 유산'이 아닌 함께하는 여행의 시간을 통해 삶의 특별한 가치들을 발견하게 하는 '깨달음의 유산'을 남겨주어야 한다. 아이들이 중학생만 되어도 아버지들은 밖에서 이런 말을 한다.

"요즘 애들 중학생만 되어도 자기 방에 들어가서 나오지도 않아."

"중학생만 되면 여행도 안 따라 다니려고 해."

"어휴, 중학생이 뭐야? 요즘 애들 사춘기가 빨라서 우리 애들은 초등학교 고학년 때부터 같이 안 다녔어."

떠올려보자. 어린 시절 아버지가 같이 여행을 가자고 했을 때 함께 가지 않았다면 그 이유가 무엇이었는지. 열에 아홉은 같이 여행을 가도 따분하고, 그냥 골목에서 친구들이랑 노는 게 더 재밌어서 그랬을 것이다. 바로 그것이다. 친구들과 노는 것보다 더 재밌고 의미 있는 시간을 여행을 통해 만들어준다면 기꺼이 아이는 아버지와 함께하는 여행에 동참할 것이다.

지금 돌이켜봤을 때 만일 아버지와 함께한 여행의 추억이 없다면, 또는 아들과 함께하는 여행을 통해 아들에게 평생의 추억을 만들어주고 싶다면 한 번쯤 시도해 볼 만하다. 나중에 '내'가 세상에 없더라도 '내 아들'은 그때 아버지와 함께했던 여행을 추억하고, 또 그것을 교훈 삼아 자기의 아들과 함께 어딘가를 여행하며 새로운 추억을 만들고 있을 테니 말이다. 장소가 중요한 게 아니라 함께하는 그 시간이 소중한 것이다. 장소가 중요한 게 아니라 어떻게 이야기를 나누고 어떻게 교감하는지가 중요한 것이다.

그렇게 아들과 아버지가 함께하는 여행이 시작되었다. 내 인생의 가장 큰 아쉬움으로 꼽자면 어린 시절 아버지와 단둘이 함께한 추억이 없다는 것이다. 그 아쉬움을 대물림하지 않고자 내 인생에 가장 소중한 '아들과 아버지의 시간'을 만들어보기로 했다.

"아빠, 근데 우리 어디 갈 거야?"

"글쎄다. 사랑하는 아들이 가고 싶다는 곳으로 가야지? 어디가 좋을까?"

"우리 이 앞에 공원에 가자. 가서 술래잡기도 하고, 스케이트보드도 타자."

"하하하, 그게 무슨 여행이야? 바다로 갈까? 아니면 수목원 갈까?"

"아니야. 집 떠나면 여행이야. 빨리 공원 가자. 응? 아빠~ 빨리 빨리~!"

아이가 원하는 것은 생각보다 소박했다. 집 앞 공원에서라도 그저 아빠와 함께하는 시간을 가지기를 바랄 뿐이었다. 부모는 아이의 마음을 읽어줄 필요가 있다. 아이의 말에 공감하고 귀 기울여줄 때 비로소 부모와 자식이라는 유전자로 맺어진 그 이상의 친밀한 관계가 형성된다. 때로는 친구처럼, 때로는 형제처럼, 때로는 선배처럼, 때로는 부모처럼 말이다.

"그래. 사랑하는 아들, 우리 같이 여행 가자. 가족 모두가 함께 떠나는 여행에 익숙해져 있었는데, 우리 단둘이서 여행 한번 가보자. 일단 아들이 원하는 공원에서부터 시작해볼까, 어때?"

"응, 좋아. 빨리 가자."

그렇게 아들과의 첫 여행이 시작되었다. 아버지가 세상을 떠난 후에도 남아 있는 것은 아버지와 함께한 소중한 여행의 기억이다. 이제 아들에게 그 시간을 선물해주고자 한다. 오랜 시간이 지나도 아이의 기억 속에 평생토록 남을 수 있도록 말이다.

양희은 가수의 〈엄마가 딸에게〉라는 노래가 있다. 노래를 찾아서 '엄마'를 '아빠'로 바꾸어 불러보자. 세상 모든 아버지들에게 바친다.

난 잠시 눈을 붙인 줄만 알았는데 벌써 늙어 있었고

넌 항상 어린아이일 줄만 알았는데 벌써 어른이 다 되었고

난 삶에 대해 아직도 잘 모르기에 너에게 해줄 말이 없지만

네가 좀 더 행복해지기를 원하는 마음에

내 가슴속을 뒤져 할 말을 찾지

중략……

아들아,
여행이란 무엇일까?

낚시를 좋아하는 부자지간이라 바다건 강이건 상관없이 물이 있는 곳이라면 낚시를 즐기러 자주 나가는 편이다. 강가에서 1박을 하면 늦게 잠이 들었는데도 불구하고 이상하리만치 일찍 잠이 깬다. 이유가 뭘까 곰곰이 생각해보았다. 그저 시골이라 공기가 좋아서 그런 것일까. 아니면 밤새 찰랑거리는 강물소리에 깊게 잠이 들지 못해서 그런 것일까. 강물이 흘러오다 돌에 부딪히며 하얀 포말을 만들어내면서 산산이 부서질 때 물속에 녹아 있던 용존 산소가 공기중으로 비산되며 주변의 산소농도가 높아져서 그런 것일까. 혼자서 이런저런 추측을 해봤지만 아직 정확한 답은 찾지 못했다. 아마 이 모든 이유들이 다 포함되었는지도 모르겠다.

새벽에 일어나 바라보는 강의 풍경은 정말 아름답다. 강 너머가

새벽에 일어나 바라보는 강의 풍경

보이지 않을 정도로 자욱한 물안개가 주위를 온통 희뿌옇게 감싸고 있는 모습은 참으로 몽환적이다. 강가에 서면 발 아래로 찰박거리는 물소리는 분위기를 더욱 신비롭게 만들어준다. 준비해간 커피를 볶고 갈아서 내린 뒤 한 모금 마시면 그야말로 완벽한 아침이 된다. 한 손에 커피를 들고 그 풍경에 취해 강가를 바라보고 있으면 이따금 한 무리의 새떼가 하늘로 솟구쳐 오르는데, 그들은 이 멋진 풍경의 정점을 찍는 역할을 한다.

"아! 정말 환상적이다."

입에서 절로 이런 말이 새어나온다. 이런 풍경에 중독되어서인지 종종 조용한 강가로 낚시 여행을 떠난다.

남한강으로 낚시를 떠난 어느 날

　중학생이 된 아들과 함께 주말에 남한강으로 낚시를 떠난 어느
날이었다. 간단하게 아침식사를 챙겨 먹고 물속에 들어가 이런저런
이야기를 나누며 낚시를 하고 있을 때 여행에 관한 이야기가 나왔
다. 확실히 중학생이 되니 초등학생 때보다는 대화의 수준이 많이
깊어진 듯했다. 사랑하는 아들이 나에게 질문했다.

　"아빠, 우리가 여행을 자주 다니잖아. 근데 아빠는 여행이 뭐라고
생각해? 그리고 옛날에 왜 그렇게 혼자서 여행을 많이 다녔어?"

　"이야, 우리 아들! 중학생이 되니 이제 질문의 수준이 높아졌네?
사랑하는 아들아. 여행을 떠나는 목적은 무엇이고, 여행을 통해 얻
을 수 있는 것은 무엇일까? 과연 우리 삶에서 여행이란 무엇일까?

아들이 생각하는 여행은 뭔지 좀 들려줄래?"

"음, 글쎄. 여행은 만남? 새로운 경험과의 만남, 새로운 사람과의 만남이 아닐까? 아빠는 어때?"

"하하. 우리 아들 이러다 잘하면 철학자 되겠는데? 이왕지사 지금 우리가 강물 속에 들어와 있으니, 그럼 아빠가 생각하는 여행은 뭔지 강물에 비유해서 알기 쉽게 한번 이야기해볼게."

타국에서 배낭 하나 둘러매고 방랑자처럼 혼자 여행을 하다 보면 많은 상념에 사로잡힌다. 나에게 여행이 무어냐고 물어보면 이렇게 말하곤 한다.

"흐르는 강물과 그 강물 위를 유유히 떠내려가는 조그만 돛단배 하나와 그 배 위에 유유자적하게 앉아 있는 사람을 한번 떠올려봐라. 그 사람이 바로 '나'다. 그것이 바로 나의 '일상적인 삶'이라면 여행은 그 배에서 벗어나 강물 밖에 나와서 흘러가는 돛단배를 가만히 바라보는 것. 그것이 여행이다."

꼭 해외여행을 해야만 여행을 다녀온 것이 아니다. 여행은 자국自國에서의 여행이건 외국에서의 여행이건 별 상관이 없다. 흘러가는 일상과 같은 그 강물에서, 그리고 돛단배에서 벗어나면 된다. 강물 밖에서 타인의 시선으로 배 위에 있는 '내 삶'을 관망할 수만 있다면 그것으로 여행의 목적은 달성한 것이 아닐까. 군이 무엇을 느끼려고 애쓰지 않아도 된다. 평소의 '내 삶'을 타인의 시선으로 그렇게 관망하면 무언가를 느끼려 억지로 노력하지 않아도 그저 자연스레 무언가 머리와 가슴에 남게 된다.

사실 '여행'을 떠나면 늘 생활하던 평소의 일상에서 벗어나기 때문에 모든 것이 새롭고, 흥분되고, 하루하루가 즐겁기만 하다. 하지만 여행을 오래 하다 보면 어느 순간 여행이 일상이 되어버린다. 그렇게 여행이 일상이 되어버린 뒤 한참을 정처 없이 다니다가 그 상태로 처음 떠났던 곳으로 돌아오면 떠나기 전 원래의 일상으로 돌아온 시간이 다시 여행이 되어버리는 아이러니에 빠지는 경우도 있다. 과연 내가 살아온 일상이 정말 일상이었고, 여행이 정말 여행이었는지? 아니면 일상이 여행이었고, 여행이 일상이었는지에 대해서 생각을 해보게 된다. 그러다 보면 우리네 삶 자체가 하나의 큰 여행이라는 인식에 이르게 된다. 비로소 인생이라는 여행길에서 어떻게 살아가야 할지에 대한 깊이 있는 통찰을, 인생을 바라보는 새로운 눈을 갖게 된다. 그 이후의 여행은 육체의 이동으로 한정되지 않는다. 단지 생각의 이동만으로도 가능한 나만의 특별한 여행이 가능해진다. 스스로가 '여행'이라는 단어에 대한 새로운 의미부여를 하면 보다 넓은 의미의 여행을 하며 세상을 살아갈 수 있는 힘과 지혜를 얻을 수 있을 것이다. 여행을 바라보는 관점이 바뀐 이후 스스로의 삶이 어떻게 변화하는지를 목격할 수 있을 것이다.

아들과 함께 허리까지 오는 물속에 들어와 강물과 하나가 된 순간, 여행을 강물에 비유하며 이야기를 나누니 여행의 의미가 한결 더 쉽게 와 닿는 듯했다. 이런 이야기를 나눌 때마다 아들은 깊은 생각에 사로잡힌다. 천성이 그런 것인지, 바둑을 오래해서 그런 것인지 한 번씩 이렇게 장고長考를 한다. 아들이 깊은 생각을 마치고 난 후 우리는 대화를 나누며 서로의 생각을 정리하는 시간을 가졌다.

"자, 다시 한 번 물어볼게. 아들은 여행이 뭐라고 생각해?"

"음……. 나는 여행이 일상에서 벗어나 일상 속의 나를 바라보는 것. 그리고 아까도 말했지만, 만남. 새로운 경험과 사람과의 만남. 그리고 삶의 소중한 의미를 찾아나가는 것이 여행이라고 생각해."

"이야. 아들. 너 중학생 되더니 생각이 정말 많이 어른스러워졌는데? 그럼 아들이 생각하는 삶의 소중한 의미는 뭘까?"

"가족, 친구, 내 꿈, 그리고 지구의 평화?"

"하하하, 그래! 지구의 평화는 지속되어야지. 생각 주머니가 많이 자랐네. 아들, 훌륭하다."

아들은 가끔 생각지도 못한 어른스러운 말로 나를 깜짝 놀라게 한다. 또래에 비해 조숙한 것이 타고난 천성일 수도 있을 것이고, 후천적인 이유도 있을 것이다. 아들이 태어날 때 건강이 좋지 않아서 '건강하게만 자라다오'라는 생각으로 다섯 살 때부터 운동을 시켰다. 아들이 초등학교 때는 함께 무에타이를 했는데, 그때 아들은 3분 20라운드를 뛴 경험이 있다. 링 위에서 스파링을 하는데, 너무 성의 없이 건성으로 해서 제대로 운동을 한번 시켜볼 심산으로 20라운드를 시켰다. 성인도 3분 3라운드를 소화하기가 힘든데, 20라운드를 시켰으니 결국엔 20라운드를 마치고 토하고야 말았다. 더군다나 스파링 상대는 모두 성인이었으니, 돌이켜 생각해보면 내가 너무

다섯 살 때부터 운동을 한 아들은
극한의 경험을 하며 운동을 한 것이 살아가며 많은 도움이 된다고 했다.
제법 어른다운 말투다.

가혹했나 싶기도 하지만, 이후 아들과 이야기를 나눠보니 그때 그렇게 극한의 경험을 하며 운동을 한 것이 살아가며 많은 도움이 된다고 했다.

그 극한의 스파링 이후 아들은 1라운드 스파링을 하더라도 마치 20라운드의 에너지를 모두 쏟아붓듯 열정적으로 운동을 했다. 흔히들 말하길 정신이 육체를 지배한다고 하는데, 극한의 상태까지 끌어올린 육체가 정신을 어떻게 바꾸어놓는지를 보여주는 좋은 케이스였던 듯하다. 이후 아들은 '3분 20라운드 스파링도 했는데, 다른 뭘 못 하겠어?'라는 생각이 들었던지 운동뿐만 아니라 생활에서도 한층 성숙한 모습을 보여주었다. 또한 그 일을 계기로 생각의 깊이도 많이 깊어진 듯했다. 돌이켜보면, 한 번쯤 나쁜 아빠가 되기로 자처한 후 아들에게 힘든 경험을 시켜주기를 잘했다는 생각이 든다. 하지만 미안한 마음도 여전히 가슴에 남아 있다.

우리가 살아가며 알고 있는 것들을 실천하기란 쉽지 않다. 여행의 의미에 대해 좋은 이야기를 해줄 수는 있지만, 정작 내가 수시로 강물 밖으로 나와서 '나'를 바라보기란 쉽지 않은 일이다. 하루가 흘러 저녁이 되었고, 아들과 나는 강가의 자갈밭에 모닥불을 가운데 두고 앉았다. 우리 두 사람 곁에는 넓은 강줄기를 따라 시원한 강물이 흘러가고 있었다. 흘러가는 강물을 보며 생각에 잠겼다.

'이렇게 잠시 떠나온 여행에서 아들로 인해 또 한 번 내 삶을 관망할 수 있게 되어 고맙고, 좋은 경치를 보며 좋은 깨달음을 얻었으니 이번 여행은 성공적이었다고.'

프랑스의 소설가 마르셀 프루스트Marcel Proust는 "여행의 진정한 발견은 새로운 경치를 보는 것이 아니라 새로운 눈을 갖는 것이다"라고 말했다. 이 여행을 통해 우리는 새로운 경치를 보는 눈이 아닌, 삶을 바라보는 새로운 눈을 갖게 되었다.

테마가 있는 여행
그리고 삶

살다 보면 가끔씩 훌쩍 떠나고 싶을 때가 있다. 금요일 저녁 퇴근을 하고 집으로 돌아올 때 문득 새파란 바다가 보고 싶어 동해로 떠난다거나, 불현듯 새빨간 낙조가 보고 싶어서 차를 몰고 서해로 내리달리고 싶을 때 말이다. 그렇게 아무런 계획 없이 갑자기 떠나는 여행이 주는 쾌감이 있다. 반면에 확실한 목적을 가지고 떠나는 여행은 그 나름대로 또 값어치가 있다. 그야말로 신기할 만큼의 감동과 여운을 남긴다.

프로바둑기사 지망생이었던 아들이 초등학교 졸업을 앞둔 시기였다. 아들이 어릴 적부터 또래에 비해 깊은 사고를 하는 것은 바둑을 한 영향도 큰 듯하다. 아홉 살 때부터 하루에 열 시간씩 바둑을 했으니 얼마나 힘들었을까 싶다. 부쩍 승률도 떨어지고 자신감도 덩

바둑을 통해 침묵을 배운 아들은 조용히 혼자 생각하는 시간을 가졌다.

여행을 통해 아들은 조금 가벼워진 듯했고, 생각의 정리가 된 듯 보였다.

그리고 바둑 은퇴선언을 하였다.

나는 그 선언을 존중해주었다.

달아 떨어진 걸 보니 슬럼프가 온 것 같았다. 슬럼프에 빠진 아들에게는 휴식이 필요해 보였고, 의논 끝에 휴식과 함께하는 여행을 선택했다. 무작정 떠나는 여행보다는 테마를 가지고 떠나는 여행을 준비했고, 테마는 아들이 정하도록 했다.

"사랑하는 아들아, 요즘 머리가 많이 아파 보이는데 여행이나 다녀올까? 슬럼프 온 거 아냐?"

"응, 그러면 좋지. 요즘 좀 그러네."

"강, 산, 바다. 아무 데나 골라 봐. 참고로 어디를 가든 여행을 할 때는 항상 테마를 가지고 떠나면 좋아. 여행의 시간을 훨씬 의미 있게 만들어주거든. 우리 이번 여행은 테마를 하나 정해서 떠나 보면 어떨까?"

"글쎄, 무슨 테마가 좋을까? 기분도 꿀꿀하니까 그냥 테마를 '비움'으로 하면 어때? 요즘 머리가 터질 것 같아. 좀 많이 비우고 와야 할 것 같은데……. 장소야 뭐, 아무 데나 상관없는데, 바다 보러 갈까?"

"이야! 초등학생이 정한 테마 치고는 좀 심오한데? 그래. 아들이 원하는 대로 이번 여행의 주제는 '비움'으로 하자. 그리고 장소는 바다 좋지? 바다로 가자."

여행은 일이나 유람을 목적으로 다른 고장이나 외국에 가는 일이다. 여행을 하는 사람들은 어떤 방식으로든 각자의 여행에 대한 준비를 한다. 소중한 시간을 할애하여 떠나는 여행을 무의미한 시간으로 낭비하면 안 되니 말이다. 어떤 여행이든 분명 하나라도 얻는 것이 있겠지만, 이왕이면 준비한 그 이상의 무언가를 얻어올 수 있도록 사전에 꼼꼼히 준비를 하는 것이 좋다. 아무런 준비 없이 떠나 힐링을 하는 것이 여행의 목적이라면 보다 더 격렬하게 힐링을 하고 돌아올 수 있도록 말이다. 짐을 싸고 이동경로를 짜는 단순한 여행의 준비 과정 속에서 여행의 테마를 잠시 생각하는 것만으로도 좀더 의미 있는 여행을 준비할 수 있다.

여행에 관한 생각을 할 때나 글을 쓸 때 간혹 이런 생각이 든다. 요즘의 여행상품은 공장에서 찍어내는 물건과 같이 똑같은 코스와 테마로 이루어진 하나의 '상품'으로 전락해버린 것이 아닌가 하는 아쉬움 말이다. 여행을 떠날 준비를 하는 사람은 어떤 테마로 여행을 하고, 본인이 왜 여행을 떠나는지를 알고 있어야 한다. 물론 바쁘게 사는 현대인들이 시간을 쪼개서 떠나는 패키지 여행을 통해 아무런 테마 없이 홀가분하게 다녀오는 여행도 그 나름대로의 의미는 있지만.

장기 여행을 하는 배낭족들이 타국에서 만나는 한국인 단체 관광객들을 별로 반가워하지 않는 경우를 종종 보았다. 정확히 말하면 '반가워하지 않는 것'이 아니라 현지에서 만나는 현지인들을 대하듯 대수롭지 않게 '아~ 한국에서 온 관광객이구나.'라며 그저 그 순간 그곳에 스쳐지나가는 많은 관광객 중 한 무리라고 생각하는 경우가 더러 있었다. 특히 패키지 여행자들을 말이다.

장기 여행을 하는 배낭족들이 패키지 여행의 단점에 대해서 많은 이야기를 한다. 하지만 패키지 여행을 다니는 사람들은 오랜 시간을 낼 수 없으니 본인의 형편에 맞춰서 실속적인 짧은 패키지 여행을 다녀오는 것이다. 그 여행을 결코 폄하해서는 안 된다. 5박 6일이나 9박 10일의 패키지 여행이 자신의 삶의 위로가 되고 추억이 된다면 그것으로 충분한 것이다. 사람마다 각자 받아들이는 차이가 있게 마련이다. 두세 달 배낭여행을 다녀와서도 겉멋만 들고, 여행의 진정한 즐거움과 깨달음을 얻지 못하는 사람이 있는가 하면 짧은 패키지 여행을 다녀와서도 진정한 여행의 참맛을 느끼고, 그 여운을 오래 간직하며 삶의 에너지로 삼는 사람이 있다. 물론 확률적으로 따진다면 긴 배낭여행이 느낌의 깊이가 더 하겠지만, 그것이 결코 절대적인 것은 아니다.

유럽 여행을 하는 많은 건축학도들은 '가우디 양식'을 보기 위해 가는 경우가 많다. 어떤 이는 '식도락' 기행을 하는가 하면, '온천'을 테마로 다니는 사람도 있다. 그렇게 자신만의 테마를 정하고 여행을 하게 되면 여행의 깊이가 한층 깊어진다. 그리고 나만의 여행 철학이 생긴다. 그 깊이와 철학이 모여 그 분야의 여행전문가가 되는 것이다.

수많은 미사여구로 문장을 장식하고 장문의 글을 쓴다 해도 진심과 내공이 들어가 있지 않으면 허상이 되어버린다. 하지만 깊이와 철학이 모인 상태에서 하는 말 한마디와 한 줄의 글은 촌철살인寸鐵殺人이라 실로 그 위력이 대단하다. 여행을 통해 현장에서 경험해본 실전 경험이 비로소 말과 글을 통해 나오는 것이다. 때문에 나만의 테마를 가진 여행을 해야 하고, 그 여행을 통해 나만의 깊은 의미를 만들어 보는 것이 좋다.

참고로 이야기하자면 내 여행의 테마는 늘 빌리지 투어Village tour: 마을 탐방였다. 어디를 가든 현지인 그네들의 삶 속으로 들어가는 것이 여행의 목적이었다. 유명한 관광지보다는 뒷골목을 전전했고, 그곳에서 만난 현지인들과 어울려 그들과 함께 먹고, 자고, 마시며 그들의 삶 속으로 여행을 떠났다. 현지인들의 삶 속에서 책에서 보지 못한 것들을 만났고, 위키피디아Wikipedia에서도 볼 수 없었던 구전 신화를 듣게 되었다. 또한 평범해 보이는 장소의 특별한 역사를 알게 되었고, 관광지에서는 결코 볼 수 없는 그들의 삶을 생생하게 엿볼 수 있었다.

나는 아들과 함께 강릉으로 떠났다. 그리고 둘이서 나란히 앉아 바다를 보았다. '비움'이 필요한 아들에게는 좋은 말 한마디보다는 침묵이 더 필요해 보였다. 바둑을 통해 침묵을 배운 아들은 조용히 혼자 생각하는 시간을 가졌다. 다시 채우기 위해 비우는 시간을 즐기는 듯한 아들을 방해하지 않고 곁에서 지켜보기만 했다. 여행을 통해 아들은 조금 가벼워진 듯했고, 생각의 정리가 된 듯 보였다.

너무 가벼워졌던 것일까? 여행을 다녀온 후 얼마 되지 않아 아들은 불현듯 '바둑 공부 은퇴'를 선언했다. 물론 우리와 상의는 했지만 여행을 하며 생각이 많이 정리된 모양이었다. 아들은 바둑을 접고 공부에 올인하겠다고 했고, 나는 사랑하는 아들의 그 의사를 존중해주었다. 바둑 프로기사로 키우고 싶었던 바둑 선생님도 우리 가족과 마찬가지로 아쉬움이 많았겠지만, 어린 나이에 정작 그런 결정을 내린 본인은 얼마나 많은 고민과 아쉬움 속에 무수한 날들을 방황했을지 짐작하기 힘들었다. 침묵을 동반한 '비움'을 위한 여행을 통해 마음을 비우고, 한결 차분해진 마음으로 스스로의 진로를 냉정히 결정한 아들이 대견스러웠다. 여행의 묘미를 다시 한 번 절실히 느끼는 순간이었다. 이렇듯 여행을 통해 얻은 경험과 깨달음은 아들과 나의 삶을 점점 더 가치 있고 윤택하게 만들어주었다.

"우리가 죽음을 통해 배우는 것은 죽음이 아니라 삶"이라는 톨스토이의 말처럼 우리가 여행을 통해 배우는 것도 단순한 여행이 아니라 결국엔 삶이 아닐까? 삶을 조금 더 배우기 위해 이번 주말에도 시간을 내서 여행을 떠나야겠다. 어떤 테마의 여행이든 말이다.

04
....

내저치고?
Latte is horse.

우리 집 근처에는 나지막한 산이 하나 있다. 하루는 초등학생인 아들과 배낭을 메고 텐트와 침낭을 챙겨서 그곳 정상에서 하루 자고 올 심산으로 산을 올랐다. 산을 오르며 아들과 이야기를 하던 중, 아들이 요즘 아이들이 쓰는 말들을 사용하는 것을 보고 흥미로워서 말을 걸어 보았다.

"사랑하는 아들, 요즘 학교생활은 어떠니?"

"응, 좋아. 재밌어."

"맨날 재밌대. 좀 자세히 이야기해줘. 궁금하잖아."

"아침에 친구들하고 축구도 하고, 참고로 내가 두 골 넣었어. 음악 시간에 단소도 배우고, 국어 시간에 시도 쓰고 그랬지, 뭐. 아빠는 예전에 학교생활 어땠어?"

집 앞 산 정상에서 아들과 함께.
하루 자고 올 심산으로 배낭에 텐트와 침낭을 챙겨서 산을 올랐다.

"응? 아빠 말이야? Latte is horse."

점점 신조어가 많이 생겨나고 있다. 아이들이 신조어를 많이 사용해서 나도 아들에게 신조어로 한번 말해보았다. 하루가 멀다 하고 단어나 문장의 뜻을 함축한 줄임말들이 생겨난다. 얼핏 들으면 전혀 이해할 수 없고 자세히 생각해도 무슨 뜻인지 이해하기 힘든 외계어 같은 말들이 너무 많다.

'에바'라는 말은 예전부터 아이들이 일상적으로 쓰는 말인데 '그건 좀 아니다', '좀 과하다'는 뜻으로 많이 쓰인다. 다들 알다시피 '엄카'는 엄마카드, '뷰'는 부부를 뜻한다. 한때는 '상대방의 말을 무시하거나 대화를 거부할 때 쓰는 말'을 줄여서 '즐~'이라고 했는데, 그 말은 그나마 쉬워서 이해하기 어렵지 않았다. 하지만 요즘은 단어나 문장의 뜻을 더 어렵게 꼬아놔서 알아듣지 못하는 말들이 정말 많아졌다.

낄 때 끼고 빠질 때 빠지라는 '낄끼빠빠'라는 말이 있다. 이제는 나도 자연스럽게 쓰곤 하지만 처음에는 '낄낄 웃으며 빠이빠이'라는 말로 이해했다. '커엽다'는 '귀엽다'이다. ㅋ이 약간 왼쪽으로 휘어진 '구'라는 글자처럼 보인다고 해서 그렇게 부른다. '뇌피셜'이라는 말 또한 한글인지 영어인지 몰라 당황스러워한 기억이 있다. 뇌腦와 오피셜Official, 공식 입장의 합성어로, 자기 머리에서 나온 생각이 사실이나 검증된 것처럼 말하는 행위를 뜻하는데, 객관적인 근거가 없는 자신만의 생각을 가리키는 말이었다. 한마디로 '그건 너 생각일 뿐이고'라는 말이다.

인사이더insider를 세게 발음하면서 변형하여 표기한 것이 '인싸'이다. 이는 무리의 중심에 있고 사람들과 잘 어울리는 사람을 뜻한다. 반대로 '아싸'는 아웃사이더outsider를 줄인 말인데, 무리에서 잘 어울리지 못하는 사람, 즉 무리의 바깥에 있는 사람이나 소외된 사람을 말한다.

이쯤 되면 신조어를 생각만 해도 머리가 아파오기 시작할 것인데, 이것보다 더 재밌는 말들이 있다. 단어를 줄여놓은 것이 아니라 착시현상을 이용하여 바꾸어 놓은 말들이다. 요즘은 많이들 알고 있는 '댕댕이'와 '네넴띤'은 각각 '멍멍이'와 '비빔면'을 뜻한다. '댕댕이'는 '댕'의 모음 'ㅐ'를 'ㅣ'와 'ㅓ'로 분리시킨 후 자음 'ㄷ'에 'ㅣ'를 붙이면 'ㅁ'이 되는 원리를 이용한 것이다. 그 후 'ㅓ'와 'ㅇ'을 붙이면 '멍'이 되는 원리이다. 처음에는 무슨 원리인지 몰랐는데 자주 사용하다 보니 익숙해졌다. 과연 세종대왕께서 어떻게 생각하실지 궁금할 따름이다.

여하튼 요즘 아이들과 대화하려면 인싸 용어들 몇 개는 알고 있어야 한다. 그래야만 꼰대 소리도 듣지 않는다. 말이 나온 김에 인싸 용어를 몇 가지 소개한다. 잘 숙지해놓으면 어디 가서 '아싸' 소리는 듣지 않을 것이다.

만반잘부: 만나서 반가워 잘 부탁해

롬곡옳눞: 뒤집어서 읽으면 폭풍눈물

오저치고: 오늘 저녁 치킨 고?

오놀아놈: 오!~ 놀 줄 아는 놈인가?

내또출: 내일 또 출근

별다줄: 별걸 다 줄인다.

　재밌는 것은 요즘 아이들이 사용하는 단어를 공부하다 보니, 'ㅋ' 'ㅋㅋ' 'ㅋㅋㅋ' 'ㅋㅋㅋㅋ'의 뜻이 모두 다르게 사용되는 것을 알게 된 것이다. 'ㅋ'은 별 생각 없이 비웃거나 비꼬는 것이고, 'ㅋㅋ'은 조금 재밌거나 어색하게 웃는 것을 말한다. 'ㅋㅋㅋ'은 좀 더 웃기고 재밌을 때 사용하고, 'ㅋㅋㅋㅋ'은 정말 재밌을 때 사용한다고 하니, 앞으로 아이들이 말할 때 격한 호응을 하려면 무조건 'ㅋㅋㅋㅋ'이 라고 대답해야 할 것 같다.

　아들에게 예전 학창시절 이야기를 들려주고 난 후 서로의 근황을 이야기하며 조금씩 서로의 일상에 대해서 더 알아갔다. 나 어릴 적 세상이 시속 50km로 변했다면 요즘 아이들은 100km의 속도로 변 하는 세상에 사는 것 같다. 그래서 따라가기가 힘들지만 세대 간의 소통과 공감을 위해서 조금씩 노력해야 할 필요가 있을 듯하다. 한 가지 짚고 넘어가자면 아이들이 모두 이런 용어를 사용하는 것은 아 니고, 유독 많이 쓰는 세대들이 있다. '내' 아이들이 사용하지 않을 수도 있으니 자칫 잘못 사용했다가는 너무 앞서나간다며 "에이 그 건 에바지~"라는 핀잔을 들을 수도 있다. 평소 아이들의 언어습관 을 잘 살펴보며 사전탐색을 한 후 사용하는 것이 좋겠다.

　참고로 'Latte is horse'는 '나 때는 말이야(라떼는 말이야)'라는 뜻이다. 오늘밤 아이들과 "Latte is horse"라고 하며 지난 추억을 한번 이야기해보는 것도 좋을 듯하다. 더불어 "오저치고?"를 외치면 아이들은 분명 열광할 것이다. 현대를 살아가는 우리 모두 열심히 신조어를 갈고닦아 아이들과 소통하는 부모가 되는 동시에 '인싸'의 반열에서 살아가도록 해야 할 듯하다. 비록 '내또출'이 우리를 압박할지라도 말이다. 참 정말 '별다줄'이다.

　이야기를 나누다 보니 이윽고 나지막한 산 정상에 도착했다. 아들과 준비해 간 음식을 간단하게 먹고 잠자리에 들었다.
　"아들, 내저치고 어때?"
　"응? 그게 뭐야?"
　"'내일 저녁 치킨 고?' 그것도 몰라?"
　"에이! 그건 에바지, 아빠. 애들 그런 말 안 써."
　"하하. 오저치고나 내저치고나 그게 그거지. 어차피 모두 새롭게 만든 말들인데, 뭘."
　"하긴. 그럼 내저치고 콜."
　이렇게 오늘도 세대 간의 소통의 폭을 조금 더 줄여가는 시간을 가질 수 있었다.

05

스마트 폰이 좋아?
아빠가 좋아?

내가 여행을 다니던 시절에는 스마트 폰이 없었다. 그 당시 스마트 폰이 있었다면 현지에 대해 더 많은 정보를 얻을 수 있었을 것이고, 아날로그 사진기보다 더 선명하고 좋은 사진을 많이 찍을 수 있었을 거라는 아쉬움이 들긴 한다. 하지만 돌이켜 생각해보면 디지털이 아닌 아날로그를 통해 얻을 수 있는 좋은 것들도 많이 있었다. 디지털 사진기로 찍는 사진과 아날로그 사진기로 찍는 사진은 분명 차이가 있다. 화질은 좋지 않지만 왠지 모르게 아날로그 사진을 통해 눈으로 느끼는 감정은 사람의 감성을 자극한다. 또한 실시간으로 업데이트되는 구글맵을 통해 편안하게 길을 찾아갈 수도 있지만, 너덜너덜해진 커다란 지도를 펼쳐 모르는 길을 물어물어 찾아갈 때 경험했던 다양한 시행착오들이 훗날 여행을 마치고 나니 더 소중하게 남아있는 것처럼 아날로그를 통해 느낄 수 있는 '그 무엇'이 분명히 있다.

이런 생각을 해본다.

'가끔은 우리 삶을 로그아웃 해보면 어떨까?'

우리가 너무 인터넷에 의존하는 삶을 살아가는 건 아닌지 한 번쯤 생각해볼 필요가 있다. 디지털 세상이 아무리 편리하다지만 꼭 좋은 것만은 아니라는 것을 살면서 느낄 때가 있다. 힘들이지 않고 인터넷 서핑을 통해서 쉽게 얻을 수 있는 얕은 지식은 관련 책을 뒤져가며 힘들게 '내 것'으로 만든 깊이 있는 지식과는 분명 차이가 있다. SNS를 통해 알게 된 대면對面도 해보지 못한 수많은 인연을 희

로애락喜怒哀樂을 겪어가며 세월을 켜켜이 쌓아온 질긴 인연과 비교할 수 없는 것처럼 말이다. 무엇이든 순기능과 역기능이 있기 마련이다.

요즘은 어른이나 아이나 스마트 폰의 노예가 되어 헤어나질 못한다. 스마트 폰의 배터리가 줄어들 때마다 불안해하고, 심지어는 '와이파이 거지'라는 신조어까지 생겨

날 정도니 말이다. 가끔 외식을 하러 식당에 가보면 아이들이 백만 원짜리 장난감(스마트 폰)을 손에 들고 내내 눈을 떼지 못한다. 부모들 역시 마찬가지다. 음식을 기다리는 동안 가족과의 대화가 아닌 스마트 폰과의 대화로 정신이 없다. 성인들이 중독될 정도니 아이들이야 오죽하겠는가 싶다. 우리 아들도 마찬가지였다. 아들은 친구들이 일찌감치 가지고 있던 스마트 폰을 중학생이 된 후에야 손에 넣었다. 또래들보다 늦게 스마트 폰을 가지게 된 아들은 스마트 폰의 마력에 흠뻑 빠져들었다. 언젠가 한번은 여행을 하면서도 스마트 폰을 손에서 놓지 못하는 아들에게 물어보았다.

"사랑하는 아들아! 스마트 폰의 노예에서 해방되는 방법을 알려줄까?"

"히히. 내가 요즘 좀 많이 하긴 하지? 근데 어떻게?"

"많은 방법이 있겠지만 여행 자체가 스마트 기기로부터 해방될 수 있는 좋은 방법임에는 틀림없어. 평소에 스마트 폰을 많이 사용하는 아빠도 이번 기회에 반성할게. 우리 둘 다 이번 여행은 스마트 폰을 한 번도 만지지 말고 아날로그 여행을 한번 해보면 어떨까? 길도 물어서 찾아가고, 스마트 폰을 보고 싶을 때는 서로에게 질문을 하나씩 해보는 걸로."

"아빠, 그럼 아무 질문이나 상관없어? 아빠 첫사랑 같은 것도?"

"하하, 그래. 그럼 우리 이번 여행의 테마는 디지털 기기로부터의 탈출, 어떨까?"

"흠……. 한번 도전해보지, 뭐. 렛츠기릿Let's get it."

아들이 여섯 살쯤 되었을 무렵 거실에 걸려 있는 TV를 떼어서 작은방에 가져다 놓고 TV 수신을 끊었다. 덕분에 일반모니터 두 대와 방으로 가져다놓은 TV도 컴퓨터랑 연결해서 사용하게 되어 나는 총 세 대의 모니터를 사용하는 호사를 누릴 수 있었다. 어떻게 보면 아이들에게 아주 고마운 일이었다.

TV를 없애게 된 계기는 이렇다. 아이들이 아침에 일어나자마자 거실에 있는 TV를 습관처럼 켜고, 유치원을 다녀와서도 TV만 보려고 하는 TV에 대한 무한애착으로 인해 혼나는 일이 종종 있었다. 어느 날 또 아이들이 TV 때문에 엄마에게 혼나고 있었다. 언젠가부터 TV를 없애야겠다고 마음을 먹고 있던 터라 그 자리에서 "TV 없애자"라고 말하고, 바로 거실에 있는 TV를 떼어버렸다.

TV를 없앴지만, TV와 완전히 격리시킨 것은 아니었다. 어린이 프로그램은 일주일에 한두 편씩 보여주었고, 아내도 보고 싶은 드라마는 가끔 인터넷으로 다운받아서 방에서 보았다. 마이크를 방에 있는 TV에 연결해서 저녁 식사를 마친 뒤 온 가족이 모여서 노래를 부르며 놀기도 했다. 일단 거실에 있던 TV가 없어지니 습관적으로 TV를 켜는 일이 없어졌고, 그것은 우리 삶의 많은 부분을 변화시켰다. TV가 없으면 큰일이라도 날 것 같았지만 사실 어른들보다는 아이들이 훨씬 더 쉽게 적응했다. 자연스럽게 책과 가까이 하게 되었고, 아이들은 다른 놀이를 스스로 찾게 되었다. 나 역시도 거실 소파에 습관적으로 눕는 일이 거의 없어졌다. 정보전달을 포함해서 TV가 가지고 있는 순기능도 있겠지만 가장 안 좋은 점은 가족들이 얼굴을 마주하는 일이 줄어든다는 것이었다. 그 이후 TV를 보는 대신 가족이 거실에 모여 앉아 책도 읽고, 무엇보다 얼굴을 자주 마주보며 대화를 나누는 시간이 많아졌다. TV가 없어 얻을 수 있는 순기능을 고스란히 누릴 수 있었던 것이다.

TV가 없어진 후 며칠이 지난 어느 날, 여섯 살 아들과 세 살 딸은 새로운 재미있는 놀이가 없을까 하며 이곳저곳을 뒤지기 시작했다. 평소 엄마가 동생을 업고 있는 모습을 보고 생각이 떠오른 것인지 갑자기 아들이 보자기를 찾아내더니 인형을 등에 매달라고 했다. 오빠가 그러는 모습을 보더니 딸아이도 곰돌이 인형을 등에 매달라고 했다. 둘 다 그렇게 등에 인형을 하나씩 매달아주고 나서, 나는 '이젠 둘이 알아서 잘 놀겠지' 하며 TV가 없는 저녁 시간을 책과 함께 한가로이 보냈다. 그런데 웬일일까. 잠시 후 딸아이가 쪼르르 오더니 아빠 등에 말을 태워달라고 했다. 책을 덮고 말을 태워주니, 딸은 너무도 좋아했다. 말을 타고 좋아라하는 동생을 보고 아들이 슬금슬금 다가오더니 내 등 위로 슬그머니 올라탔다. 결국 아들도 말타기 놀이에 합세했다. 둘은 내 등 위에서 뛰고 구르며 한참 동안 아주 즐거워했다. 그 모습을 보니 몸은 좀 고단해도 여간 행복한 것이 아니었다.

TV가 없어지고 난 후 이전에는 몰랐던 많은 것들을 깨닫게 되었다. 그중 정말 중요한 것 하나는 지금 아이와 함께하지 않으면 나중에는 함께할 시간이 없다는 것이었다. 말을 태우건 숨바꼭질을 하건 간에 아빠로서 아이들과 함께할 수 있는 가장 좋은 방법은 몸을 부딪치고, 같이 호흡하며 놀아주는 것이었다. TV로 인해 그런 좋은 시간을 보낼 기회를 놓친다는 것은 억울하지 않은가.

　삶을 살아가며 한 번씩 외롭고 힘들고 지칠 때가 있다. 그럴 때는 과거에 대한 생각도 나지만 머지않아 다가올 미래에 대한 생각도 든다. 지금은 내가 아이들에게 시간을 내어주고 함께 놀아주지만, 나중에 아이들이 장성하고 내가 나이가 들면, 간혹 사람이 그립고 외로워질 때면, 아이들이 정말 그리울 때면 한창 사회생활을 하고 있을 아이들이 과연 나에게 시간을 내어줄 수 있을까 하는 생각을 해보았다. 그때 잠시라도 아빠와 함께 시간을 보내달라고 투정부릴 구실을 지금 미리 만들어두고 있는 건 아닌가 하는 생각을 해봤다.

　어떤 부모들은 정작 본인들은 평소 책도 읽지 않고 스마트 기기에 빠져 살면서 자식들에게는 책을 읽고 공부를 하라고 한다. 본인이 실천하지 않고 강요하는 교육은 세대 간 단절과 부모에 대한 불신만 키워주기 마련이다. 인간은 일하기 위해 태어난 것이 아니다. 인간은 본질적으로 놀기 위해서 태어났다. 특히 놀이의 화신인 아이들은 부모의 관심과 사랑 속에서 충분히 놀아야 한다. 아이들이 놀아달라고 하기 전에 부모가 먼저 나서서 놀아주면 어떨까. 그렇게 하지 못한다면 최소한 아이들이 놀아달라고 할 때만이라도 좋은 친구가 되어 세상 누구보다도 신나게 놀아주는 것은 어떨까. 많은 부모들이 자식들에게 TV를 보든가 스마트 폰을 사용하는 것을 쉽게 용납한다. 아이들이 TV나 스마트 폰에 빠져 있는 동안은 아이들을

지금 아이와 함께하지 않으면 나중에는 함께할 시간이 없다.
말을 태우건 숨바꼭질을 하건 간에
아빠로서 아이들과 함께할 수 있는 가장 좋은 방법은
몸을 부딪치고, 같이 호흡하며 놀아주는 것이었다.

돌보기 편하기 때문이다. 부모만의 시간을 가질 수 있기 때문이다. 그래서 많은 부모들이 이 방법을 선호한다. 하지만 이 방법은 결국 온 가족의 대화단절을 일으키며 유대감 형성에 치명적인 영향을 미친다.

아빠와 엄마는 기본적으로 타고난 놀이 선생님이다. 아빠라면 어린 시절 친구들과 하고 놀았던 구슬치기, 딱지치기, 오징어달구지,

비석치기, 땅따먹기를, 엄마라면 고무줄놀이, 실뜨기 등을 되새겨보고, 아이들과 이 놀이들을 해보며 오랜만에 실력 발휘를 해보자. 밖으로 나가서 하는 게 제일 좋지만 여건이 안 된다면 집에서라도 해보면 행복한 시간을 보낼 수 있을 것이다. 가족 간 유대감이 저절로 형성될 것이다.

스마트 폰을 멀리한 아들과의 이번 여행에서 우리 둘 다 스마트 폰의 노예에서 잠시나마 해방될 수 있었고, 서로 많은 질문들을 던지며 서로에 대해 좀 더 알아갈 수 있는 계기를 만들었다. 물론 아빠의 첫사랑 이야기도 들려주었다.

태산도 한 줌의 흙이 쌓인 것이고 천 리 길도 한 걸음부터 시작한다. 처음에는 쉽지 않았지만 조금씩 연습하니 차차 익숙해짐을 느낄 수 있었다. 여행하는 동안 우리는 잠시 스마트 폰을 내려놓고 대화를 시도했다. 대화가 마무리되면 차를 한잔 하며 책을 펼쳤다. 다양하지만 얕은 정보를 얻을 수 있는 스마트 기기에서는 미처 얻을 수 없었던 깊이 있는 지식이 우리를 반갑게 맞이했다.

06

아리랑 아리랑 아라리요

노래가 빠진 여행은 오아시스 없는 사막과도 같다. 여수를 여행할 때면 늘 〈여수 밤바다〉와, 대전을 여행할 때면 꼭 〈대전 블루스〉와 함께한다. 제주도를 여행할 때는 어김없이 〈제주도의 푸른 밤〉과 동행한다. 노래와 함께하는 여행은 여행의 맛을 한층 더 맛깔스럽게 만들어준다.

아들과 함께하는 여행의 시간 속에서 나란히 길을 걷거나 운전을 할 때 우리는 종종 서로 번갈아가며 노래를 부른다. 내가 어릴 적 아버지 차를 타고 가족여행을 할 때도 늘 온 가족이 돌아가면서 노래를 부르곤 했는데, 그때의 추억 때문인지 여전히 여행을 할 때면 흥얼흥얼 노래를 부르는 게 습관이 되었다. 아들은 요즘 아이들 같지 않게 가끔 특별한 노래를 부르곤 했다. 중학생이 된 아들이 어쩌면 아빠를 배려해서 선곡한 것일지도 몰랐다.

"너영나영 두리둥실 놀고요 낮에 낮에나 밤에 밤에나 상사랑 이로구나

아침에 우는 새는 배가 고파 울고요 저녁에 우는 새는 님 그리워 운다."

애절한 목소리로 간드러지게 부르는 노랫가락이 내 귓가를 살금살금 간지럽혔던 기억이 난다. 〈너영나영〉은 제주도의 민요인데, 아들이 날 위해 노래를 불러준 그때를 계기로 이제는 우리의 여행에서 빠질 수 없는 노래가 되고 말았다.

궁금한 게 많은 아들은 늘 나에게 예상치 못한 질문을 던지곤 했다.

"아빠, 아빠는 여행할 때 무슨 노래를 많이 부르고 다녔어? 또 많이 들었던 노래는 뭐야?"

"아빠가 여행할 때 가장 많이 불렀던 노래는 〈아리랑〉이야."

"잉? 〈아리랑〉? 너무 흔하잖아. 뭐, 다른 거 멋있는 노래는 없어?"

"아니야, 〈아리랑〉 안 흔해. 똑같은 노래라도 어떤 의미를 부여하느냐에 따라서 전혀 다른 의미로 다가올 수 있어. 아빠가 〈아리랑〉에 관한 재밌는 이야기를 들려줄까?"

한국 사람 가운데 〈아리랑〉을 좋아하고 즐겨 부르는 이가 유독 나뿐이겠는가 싶다. 여행을 하다 보면 종종 나도 모르게 흥얼거리며 흘러나오는 노래가 바로 〈아리랑〉이다. "아리랑 아리랑 아라리

요. 아리랑 고개로 넘어간다"로 시작하는 〈경기 아리랑〉부터 시작해서 "아리아리랑 쓰리쓰리랑 아라리가 났네"라고 시작하는 〈진도 아리랑〉까지 다양한 종류의 〈아리랑〉을 흥얼거린다. 〈아리랑〉은 부른다는 말보다는 흥얼거린다는 말이 더 어울린다. 입 모양을 정확하게 만들고 또박또박 발음해서 일반 노래를 부르는 것처럼 큰 소리로 부르는 것이 아니라 가사를 입안에 반쯤 머금고 흥얼거리며 부르는 것이 더 맛깔스럽다. 그것이 〈아리랑〉을 분위기 있게 느낄 수 있는 방법이다. 그도 그럴 것이 "아리랑 아리랑 아라리요"로 시작하는 〈경기 아리랑〉을 끝까지 불러보면 입술을 다무는 건 'ㅁ'과 'ㅂ'이 들어갔을 때밖에 없고, 전체적인 입 모양에 거의 변화가 없다. 마지막 부분의 '발병'은 두 번으로 끊어서 입을 다무는 것으로 치자. 그럼 총 일곱 번이다. 멀리서 보면 누가 보아도 노래를 부르는 건지 그냥 입만 살짝 벌리고 있는 건지 분간하기가 힘들다. 글을 읽으며 정말 입술이 일곱 번 다물어지는지 손가락으로 세며 확인해본 독자도 분명 있을 것이다. 그렇다면 다음에 나오는 〈아리랑〉의 뜻을 음미해보고, 그 의미대로 한번 따라 해보길 추천한다.

영화 〈사랑과 영혼Ghost, 1990〉의 주인공 '패트릭 스웨이지'가 주인공을 맡았던 또 하나의 영화, 〈시티 오브 조이City Of Joy, 1992〉. 1993년도에 개봉한 이 영화의 배경 도시는 인도의 캘커타이다. 인도를 여행하던 어느 날 나는 언젠가 한 번쯤 가보고 싶었던 그 캘커타로 발걸음을 옮기기 시작했다. 서인도 뭄바이에서 동인도 캘커타까지는 기차를 타고 가면 40여 시간이 걸린다. 그것도 연착으로 악명 높은 인도에서 기차가 연착되지 않는다는 전제하에서다. 물론 내가 탄 기차는 당연하다는 듯이 중간중간 연착되어서 장장 50시간이 다 되어서야 캘커타로 나를 데려다 놓았다. 서에서 동으로 거의 일직선으로 가로지르는 이 코스는 웬만하면 여행자들이 선택하지 않는 코스다. 중간에 들러야 할 곳들이 얼마나 많은데, 그곳을 모두 건너뛰고 캘커타로 바로 간단 말인가. 정말 무식한 짓이었다. 나처럼 꼭 직행으로 가야 하는 이유가 있는 경우를 제외하고는 말이다.

뭄바이를 출발해 캘커타로 향하던 기차 안이었다. 나는 어디를 가든 지긋하게 가만히 있지를 못하는 성격이다. 그래서 금세 친구를 사귀고 그들과 어울리곤 하는데, 다른 나라 사람들을 만나면 내가 꼭 하는 말이 하나 있다.

"너희 나라에서 가장 짧고 가장 대중적인 노래를 알려줘!"

저마다의 국가에서 거의 모든 국민들이 알 만한 노래를 알려달라고 하면 다들 흔쾌히 노래를 불러준다. 그 노래를 배운 뒤 내가 알려주는 우리나라의 가장 짧고 유명한 노래가 바로 〈아리랑〉이다. 〈아리랑〉 노래를 한 곡조 뽑고 나면, 내 나름대로 혼자서 해석해본 아리랑의 의미에 대해서도 설명을 해주곤 했다.

'아리'는 '아리고 쓰리다'는 뜻을 나타내는 순우리말로, '고통 pain'을 나타내고, '랑'은 누구랑 '함께'라는 뜻으로 영어로 말하자면 'With'이다. '고개Hill'는 오르막 내리막up and down이 반복되는 언덕 또는 산이라고 해석한다. 여기서 고개가 뜻하는 바가 높은 산

Mountain인지 낮은 언덕Hill인지는 중요하지 않다. 중요한 것은 바로 오르막 내리막이다. 외국을 여행할 때 길을 물어보면 이리저리 설명을 하다가 '오르막 내리막up and down을 지나 좌측으로 가서……'라는 이야기를 종종 듣는데, 거기서 착안했다. '나를 버리고 가시는 님'의 뜻은 삶의 고통(무게)을 짊어지고 앞으로 나아가기가 더 이상은 힘들어 스스로를 포기하는 사람(님)을 말한다. 즉 '나를 버리고 가시는 나 자신(님)'이라고 해석하면 된다. '십 리도 못가서 발병난다'의 뜻은 '결국 본인이 이루고자 하는 것을 이루지 못하는 상황'이라고 의미를 풀었다. 이 풀이에 의거해 내가 종합적으로 해석한 〈아리랑〉 노래의 뜻은 다음과 같다. 물론 나만의 지극히 주관적인 해석이다. 아마도 다른 정확한 해석이 따로 있을 것이다.

아리랑 아리랑 아라리요

: 이 세상에 힘들지 않은 사람이 누가 있겠는가. 인간은 누구나 인생人生의 역경逆境이 있을 것이다. 인생 역경이 있음에도 불구하고 우리 모두는 고통, 즉 삶의 무게를 가지고 그것과 함께, 그것을 견디며 세상을 살아간다. 즉, 우리는 모두 아픔, 힘듦을 가지고 세상을 살아간다.

아리랑 고개로 넘어간다

: 다들 그런 삶의 무게를 안고 산을 오르락내리락하는 것처럼 인생을 살아간다. 솔로몬 왕이 아버지인 다윗 왕의 반지에 새기도록 한 글귀인 '이 또한 지나가리라This too shall pass!'는 말 또한 마찬가지다. 우리는

다양한 삶의 역경을 겪으며 살아가는데, 한때는 좋았다가 또 어느 한때는 좋지 않았다가를 반복한다. 영원히 좋을 수도 영원히 나쁠 수도 없다. 모든 것은 굴곡이 있다. 그것이 결국 우리네 인생이다. 즉, 산다는 것은 힘들지만 그것을 이겨내고 고개를 넘듯 인생을 살아간다.

나를 버리고 가시는 님은

: 그 고통이 힘들다고 해서 결코 스스로를 포기하지 마라. 세상은 결코 스스로를 포기한 사람을 돕지 않는다. 스스로를 이기는 사람(님)도 자기 자신이고, 삶의 무게가 너무 힘들어 스스로를 버리는 '사람(님)'도 결국엔 자기 자신이다. 하고자 하면 분명 이룰 수 있다. 결코 내가 나 스스로를 포기해서도, 버려서도 안 된다.

십 리도 못 가서 발병 난다

: 그렇게 되면 머지않아 발병이 나듯 더 큰 아픔과 고통이 올 것이다. 결코 자신의 꿈을 이룰 수 없을 것이고 결국 본인에게 더 좋지 않을 것이다. 나를 버리지 말고 이겨내고 끝까지 도전하여 쟁취하라.

인간의 삶은 태어나면서부터 고해苦海: 고통의 세계의 바다라고 했다. 즉, 우리의 인생역경人生逆境을 노래한 것이 〈아리랑〉이 아닌가 싶다. 〈아리랑〉의 의미에 대해 설명을 하면 제법 그럴듯한지 모두가 이야기에 푸욱 빠져든다. 그다음에 바로 한 소절씩 따라 부르게 하면 이곳저곳에서 나지막이 〈아리랑〉이 흘러나온다.

인도 여행 중 기차 안에서.
〈아리랑〉을 한 곡조 뽑고 뜻을 소개하면
기차 안의 사람들이 조용히 홍얼거리기 시작하였다.
자기 일보다 남의 일에 관심이 더 많은 곳. 바로 인도에서만 가능한 경험이었다.

　내가 탄 3등석 열차 칸은 캘커타에 도착할 때까지 50여 시간 동
안 〈아리랑〉이 울려 퍼졌다. 과장이 아니라 실제로 누구 하나가 조
용히 홍얼거리기 시작하면 주위 사람이 따라 부르기 시작해 어느새
객실 안의 모든 사람들이 재미있다는 듯 다 따라 불렀다. 기차가 중
간에 한 번씩 정차하면 새로 탄 사람들은 처음 듣는 음률에 주위 사
람들에게 이게 무슨 노래인지 물어봤다. 그러면 〈아리랑〉을 아는 사
람이 새로 탄 사람에게 노래와 뜻을 알려주고, 나를 소개하면 이내

그들은 나에게로 와 반갑다고 인사를 했다. 호기심 많고, 간섭하기 좋아하고, 자기보다 남의 일에 관심이 더 많은 곳. 오로지 인도에서만 가능한 일이다. 〈아리랑〉은 기차가 목적지에 도착할 때쯤에야 비로소 멈췄다. 기차에서 내려 밖을 향해 걸어가니 등 뒤로 누군가 흥얼거리는 소리가 들렸다.

"아리랑 아리랑 아라리요."

〈아리랑〉을 흥얼거리는 한 남자와 눈인사를 나누고, 각자 서로의 갈 길을 재촉했다. 이날 우리는 〈아리랑〉으로 하나가 되었다.

여기까지 이야기를 마치고 나니, 난생처음 들어보는 〈아리랑〉의 뜻에 아들은 눈이 휘둥그레져서 나를 쳐다봤다.

"헐, 대박! 아빠, 〈아리랑〉에 그런 뜻이 있었어? 아리와 같이 고개를 넘어간다고?"

"하하. 사람은 아는 만큼 보이고, 보는 만큼 느끼고, 느낀 만큼 생각할 수 있다고 하잖아. 그 뜻이 맞다기 보다는 그냥 아빠가 아는 범위 내에서 〈아리랑〉의 뜻을 해석해본 거야. 아들은 아들의 생각으로 또 한 번 새로운 의미를 만들어봐. 새롭게 해석된 〈아리랑〉의 의미를 아빠에게 가르쳐주면 더 재밌을 것 같은데?"

"알았어. 꼭 〈아리랑〉이 아니더라도 노래를 내 생각대로 해석해보면 재밌을 것 같네. 나도 한번 만들어서 아빠한테 알려줄게, 기대하세요."

우리 모두가 인생을 살아오며 겪은 스토리는 너무나도 파란만장하다. 누구나 '내 삶'의 이야기를 글로 엮고, 다큐멘터리로 만들고 싶을 만큼 다양한 경험들이 있을 것이다. 모든 이들의 삶은 곧 한 권의 책이요, 한 편의 영화이자 하나의 대서사시다. 부디 〈아리랑〉의 의미를 되새기며 '나'를 버리지 말고, '아리'와 함께 인생의 '고개'를 기꺼이 즐겁게 넘으며 남은 삶을 열심히 살아나가기를 바란다. 그러다 보면 곧 '십 리'가 지나 당신의 꿈이 당신을 향해 손짓하는 것을 볼 수 있을 것이다.

---

* 내가 해석한 〈아리랑〉의 뜻은 여행을 하며 심심해서 혼자서 만들어본 엉터리 중의 엉터리이니 절대 어디 가서 마치 이 뜻이 진실인 양 발설하지 말기를 바란다. 엉터리 해석을 마치 진리인 것처럼 떠들고 다니다가는 십 리 길 동안 뺨 맞기 십상인데, 그것은 오로지 독자들의 선택이다.

07

여행을 떠나오면
우린 다 친구야

충청도는 충주와 청주, 전라도는 전주와 나주, 경상도는 경주와 상주, 강원도는 강릉과 원주의 앞 글자를 따서 지명을 지었다고 한다. 어느 지역을 다니건 지명의 유래에 대해서 알면 역사와 더불어 미처 몰랐던 재밌는 상식들이 점차 늘어간다. 우리는 강원도로 자주 여행을 떠나는 편이다. 지금은 주인 없는 곳으로 남겨진 곳이지만 이름 세 글자를 생각할 때마다 나에게 좋은 기억과 슬픈 기억을 동시에 떠오르게 하는 곳이 있다.

강원도 인제군의 깊은 산골짜기에는 푸른 하늘 아래 투명한 물과 어우러져 유유자적하게 풍류風流를 즐길 수 있는 곳이 있다. 미산 청조담美山 晴釣淡이라 이름 붙여진 계곡 위에 있는 조그만 집이다. 그

강원도 인제군의 깊은 산골짜기

곳을 알게 된 지는 몇 년 안 되었지만 그곳 주인과는 처음부터 뭔가 예사롭지 않은 인연이 될 것만 같았다.

　처음 방문을 한 뒤 그곳의 경치와 분위기와 사람이 너무도 좋아서 겨울을 제외하고는 거의 매달 다니다시피 하며 둘만의 우정을 만들었다. 혼자서 생활하는 외로움을 알기에 한 달에 몇 번씩 통화를 하며 안부를 나눌 정도로 좋은 관계를 유지했다. 29년의 나이 차이에도 불구하고 친구처럼 마음을 터놓고 술 한잔 기울이며 이런저런 이야기를 소탈하게 할 수 있다는 것이 웬만해서는 힘든 일인데, 그런 인연으로 몇 년을 지냈다.

2019년 가을에도 그곳에서 만나 밤이슬이 주위를 적실 때까지 많은 이야기를 나눴다. 그리고 내년 봄이 오면 함께 술 한잔 기울이며 낚시를 하기로 약속했다. 나에게 낚싯대를 하나 부탁해서 일찌감치 준비를 해두었다. 내년 봄에 가져다주겠다고 했는데, 그로부터 얼마 후 고인이 되어 이제는 주인 없는 낚싯대가 되고 말았다. 그 가을 어느 날, 전화기 속에서 너털웃음이 들렸다. 그분은 본인이 '담도암'에 걸렸다는 소식을 웃으면서 나에게 전했다. 안타까운 마음에 이후 더 자주 통화를 하며 안부를 주고받았는데, 결국 이듬해 봄날 우리는 마주하지 못했다. 그분의 자제에게 유명을 달리했다는 소식만 전해 들었다. 살면서 세대를 초월한 우정을 경험하기가 그리 쉬운 일이 아닐 것인데, 나에게 이토록 좋은 선물을 해주신 그분에게 마음속으로 깊은 감사를 전했다. 그날 밤 내 생애 다시는 만나기 힘들 것 같은 좋은 친구의 배웅에는 한잔의 술과 한동안의 눈물이 필요했다. 그렇게 또 한 명의 친구를 나는 보내주었다.

성공도 행복도 혼자 누려봤자 아무런 기쁨이 없다. 사소한 즐거움일지라도 사랑하는 사람과 함께 누리는 것이야말로 가장 행복한 순간이 아닐까. 한 사람의 친구를 떠나보내며 곁에 있는 사람의 소중함을 한 번 더 느끼게 되었다.

그분을 추모하는 마음으로 봄날이 깊어가던 어느 날 아들과 함께 오랜만에 그곳을 찾았다. 식사를 하고 물가로 내려가 먼 산을 바라보며 조용히 낚싯줄을 흘리고 있는데, 사랑하는 아들이 물어보았다.

"아빠, 아빠는 여기 할아버지랑 나이 차이가 많이 나는데 어떻게 그렇게 친구처럼 지냈어?"

매번 만날 때마다 스스럼없이 지내는 둘의 모습을 보고 아들도 그것이 꽤나 궁금했던 모양이다.

"사랑하는 아들아. 우리나라나 나이 따지지 외국 나가면 다 친구야. 우린 모두 지구별로 여행을 떠나온 여행자 아니겠니? 여행자들끼리 무슨 나이를 따지며 서열을 만들고 그래. 아빠 생각에 세대 차이는 나이를 따지기 시작하는 윗사람에게서부터 만들어지는 거라고 봐. 청조담 할아버지와 아빠처럼 나이를 초월하면 그때부터 나이는 정말 숫자가 되는 것 같아. 상대의 인품과 내공이 우선시 되어야지, 나이는 정말 숫자에 불과한 거 아닐까?"

"헐! 그럼 나도 아빠랑 친구할 수 있어?"

"그럼! 우린 예전부터 친구였고, 앞으로도 친구지. 친구이자 선배이자 아빠. 그때그때의 상황에 맞춰서 조금씩 바뀌는 관계? 특히 여행을 떠나오면 더 편한 친구로 생각해야지. 근데 아들은 평소에도 아빠를 친구처럼 대하잖아."

"히히! 하긴 내가 좀 그랬지. 아빠 좋아. 사랑해."

"하하, 그래. 아빠도 아들 많이 사랑해."

늘 아이들이 아침에 눈을 뜨면 꼭 안아주며 "사랑해"라고 말하고 볼에 입을 맞춘다. 태어나서부터 중학생이 된 지금까지 매일 같은

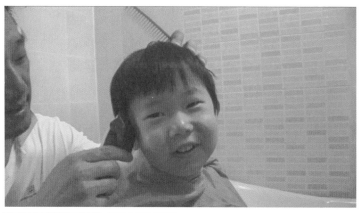

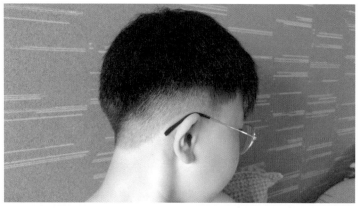

아들과 아빠가 함께하는 의미 있는 시간을 만들기 위해
아들이 태어나서 부터 지금까지 아들의 이발을 해주기 시작했다.

이 세상 단 한 사람만을 위해 똑같은 머리를 180번 정도 깎으면
프로는 아니더라도 준전문가 정도는 되지 않겠나 싶다.

행동을 반복하니 하루라도 하지 않으면 뭔가 어색하고 숙제를 빠트린 기분이다. 앞으로 10년, 20년이 지나도 서로에게 지금과 같은 사랑 표현을 하며 쭉 이런 관계가 이어지도록 하는 것이 나의 조그만 소망이다.

부자간의 관계 형성에 도움이 될 듯하여 아이가 태어나서부터 중학생이 된 지금까지 늘 집에서 머리를 깎아주었다. 한 달에 한두 번씩 집에서 머리를 깎는다는 것이 쉬운 일은 아니다. 3만 원 정도하는 자동 바리캉을 사서 매달 머리를 깎이다 보니 처음엔 어색했지만 지금은 웬만한 이발소 수준으로는 깎을 수 있게 되었다. 1년에 12번만 깎는다고 쳐도 15년이면 180번이다. 이 세상 단 한 사람만을 위해 똑같은 머리를 180번 정도 깎으면 프로는 아니더라도 준전문가 정도는 되지 않겠나 싶다. 몇 번 미용실이나 이발소에서 머리를 깎은 적도 있는데, 마음에 안 든다고 집에 와서 다시 깎아달라고 할 정도니 앞으로도 본인이 "그만" 할 때까지는 계속 깎아줄 수밖에 도리가 없다.

처음에는 아들과 아빠가 함께하는 의미 있는 시간을 만들기 위해 아들의 이발을 해주기 시작했다. 이발을 할 때는 평소에는 자세히 보지 못했던 눈썹, 눈, 코 등 얼굴을 자세히 볼 수 있고, 이런저런 이야기를 나눌 수 있어 이발을 하는 시간동안 단둘이서만 느낄 수 있는 특별함이 있다. 더불어 아들 본인이 주문하는 스타일대로 깎아주다 보면 만족도가 높아져서, 이발사인 내 입장에서는 보람도 있다. 이발을 마치고 나면 꼭 안아주고 난 후 뽀뽀를 하는 것으로 이발비를 대신하고, 가족들 모두에게 돌아가며 잘 깎았는지 검사를 받는다. 이제 덩치가 제법 커서 이발용 간이 의자를 바꾸어야 할 때가 된 듯하다.

영화〈친구〉에도 나오는 것처럼 '친구'는 '가까이 두고 오래 사귄 벗'을 뜻한다. 친구라고 해서 굳이 나이에 얽매일 필요는 없다. 때로는 동갑내기들이 가장 불편할 때도 있지 않은가. 부모 자식도 가까이하며 오래 함께 살아온 사이니 만큼 좋은 친구가 될 수 있다. 그래서 아들에게 때로는 아빠로, 때로는 좋은 친구로 남기 위해 노력하며 살아가고 있다. 무슨 일이건 단 한 번에 되는 일은 드물다. 똑같은 일을 여러 번 반복하면 습관이 되고, 습관이 되면 의식의 흐름과는 상관없이 본능적으로 몸과 마음이 따라간다.

나는 친구처럼 편안한 아빠가 되기 위한 습관을 만들기 위해 아들이 어릴 적부터 많은 노력을 해왔고, 지금도 노력을 하는 중이다. 살아가며 나이를 초월한 마음이 통하는 친구 하나쯤 있다면 그것으로도 참 멋진 인생 아니겠나 싶다. 만일 그런 친구가 없다면 위아래 따지지 말고 하나쯤 만들어보면 어떨까. 세대를 초월한 좋은 벗과의 즐거운 만남은 동갑내기와의 만남에서는 느낄 수 없는 또 다른 새로움을 선사할 것이다.

가자,
엄마가 기다리는 집으로

일 때문에 한창 머리가 아플 때였다. 그럴 때는 여행을 하며 분위기를 환기시키는 것만큼 빠르고 좋은 방법도 없다. 주말을 이용해서 사랑하는 아들과 단둘이 여행을 떠났다. 갑자기 나오게 된 터라 이렇다 할 행선지도 없이 무작정 차를 타고 시골길을 가고 있는데, 아들이 갑자기 나를 쳐다보며 "나오니까 엄마 보고 싶다" 하는 것이었다. 집 나온 지 얼마나 됐다고. 하지만 그도 그럴 것이 아이가 여섯 살쯤 되었을 때니 잠시만 엄마 곁을 떠나 있어도 엄마가 보고 싶을 나이이긴 했다. 당일치기로 나와서 저녁에 집으로 돌아갈 예정이었는데, 나온 지 얼마 되지도 않아서 아이가 그렇게 말하니 다시 돌아가야 하나 잠시 고민을 했다. 아이와 이야기를 나눠보니 계속 가는 게 좋겠다고 하여 가던 길을 가긴 했지만 '엄마 보고 싶다'는 한마디가 내내 귓가에 맴돌았다. 운전을 하며 서로 이런저런 이야기도 나누고, 재밌는 이야기도 들려주긴 했으나 아이는 차창 밖을 바라보며 이따금 무언가를 생각하고 있는 듯했다. 아마도 그것이 '엄마 생각'이었는지도 모르겠다.

"사랑하는 아들, 아직도 엄마 보고 싶어?"

"응……."

대부분이 어릴 때부터 '우리 집'이라 칭하는 곳에서 자라다가 스무 살 무렵이면 집을 떠난다. 나 역시 스무 살이 되면서 집을 떠나왔다. 하지만 언제나 돌아갈 '집'이 있다는 건 위안이 되었고, 나에게 '집'이란 곧 '엄마'가 있는 곳이었다.

누구나 '엄마'라는 존재를 잊고 살기는 힘들다. 생각만 해도 그리움에 사무치는 사람이 바로 엄마가 아닌가. 아무리 생각해보아도 받은 것만 있고 준 것은 없는, 그런 고마운 존재. 때로는 엄마라는 사람은 본인을 위해 사는 존재라기보다는 자식을 위해 살아가는 그런 존재가 아닌가 싶다. 그래서 홀로 타국을 떠돌 때에도 난 수시로 '엄마'에 대해서 고민을 해보았다. 과연 엄마는 어떤 존재일까? 나를 낳아주고 길러준 사람이라는 사전적 의미로서의 '엄마'보다 더 큰 의미가 있을 듯했고, 나름 많은 생각을 한 끝에 '엄마'에 대한 의미 부여를 다시 해보았다.

가만히 생각해보면 엄마라는 사람은 신과 같은 존재라고 해도 과언이 아닐 듯하다. 류시화 작가의 책 제목에도 있는 것처럼 신은 모

신은 모든 곳에 있을 수 없기에
엄마를 만들었다고 한다.
항상 그립고 생각할수록 고마운 존재
그것이 바로 엄마이다.

나도 늘 그렇다.
항상 미안하고 고마운 존재
사랑하는 나의 어머니……

오늘 어머니께 전화 한 통 해봐야겠다.

든 곳에 있을 수 없기에 어머니라는 존재를 만들었다고 하지 않는가. 생명을 잉태하고 창조하는 것이 곧 신이다. 열 달 동안 배 속에서 생명을 품고 있다가 산고産故의 고통을 이겨내고 세상의 빛을 보게 만드는 엄마야말로 신과 같은 존재라고 할 수 있지 않을까.

엄마가 '신'과 동급이라는, 아니 엄마가 신이라는 증거는 또 하나더 있다. 동서고금을 막론하고 사람들은 다급하거나 위기에 처했을 때 자신도 모르게 신을 찾는다. 외국 사람들은 보통 '오, 마이 갓Oh, my god: 오, 신이시여', '지저스Jesus: 하느님, 세상에' 또는 '지저스 크라이스트Jesus Christ'라는 말을 입에 달고 산다. 깜짝 놀라거나 다급할 때 자기도 모르게 '신이시여'를 외치며 신을 찾는 것이다. 이는 습관처럼 입에 밴 말이다. 얼마나 자주 쓰기에 언젠가부터 'Oh, my god'도 길다고 생각했는지 줄여서 'OMG'로 쓸 정도니 말이다. 신이 세상 사람들 부류에 일일이 대답했다가는 본연의 업무도 보지 못할 지경으로 전 세계 모든 곳에서는 늘 수시로 신을 찾는다.

한국 사람들도 깜짝 놀라거나 다급할 때 신을 찾는다. 그 신의 이름은 바로 우리에게 익숙한 '엄마'이다. 외국 사람들이 신을 찾는 것과 같은 이치다. 당황스럽거나 깜짝 놀랐을 때는 "엄마야"라고 외치고, 슬퍼서 의지할 곳이 필요할 때는 "엄마아" 하면서 목 놓아 운다. 곰곰이 한번 생각해보자. 자신이 언제 단 한 번이라도 깜짝 놀랐을 때 "아빠야" 한 적이 있는지. 또는 "아빠아" 하면서 목 놓아 운 적이 있는지. 누구나 놀라고 슬펐을 때는 반사적으로 '엄마'를 찾는다. 누가 시키지도 않았고, 교육받은 적도 없지만 본능적으로 나오는 말이 그것이다. 그런 것을 보면 '엄마'는 진짜 신일지도 모른다. 사실 세상 모든 엄마들이 가족을 위해 헌신하며 살아가는 걸 보면 '신'이라고 크게 박아서 표창장이라도 하나씩 주고 싶은 심정이다.

한반도 면적의 33배에 달하는 인도India라는 나라가 있다. 20세기 가장 위대한 영혼이라고 불리며 비폭력주의의 상징인 '마하트마 간디Mahatma Gandhi'의 나라가 바로 인도이다. 인도는 역사상 단 한 번도 다른 나라를 침범해본 적이 없다. 그만큼 비폭력 정신이 강하고, 공격적이지 않고 방어적이며, 여성스러운 나라이다(단, 인도 경찰은 제외로 한다).

믿거나 말거나이지만, 그래서 그런지 유독 음기가 강해서 인도를 여행하는 여행자들 중 여자들은 대부분 살이 쪄서 오고, 남자들은 앙상하게 말라서 온다. 나 역시도 인도를 많이 들락날락거렸지만 다녀올 때마다 앙상하게 말라서 오곤 했다. 잘 먹고 다녔는데도 매번 그런 현상이 일어나니 이걸 믿어야 하나 말아야 하나 반신반의하긴 했다. 다이어트를 원하는 남성들이 있다면 지금 당장 인도로 떠나길 바란다.

인도 인구의 70% 이상이 믿고 있는 힌두교는 타종교들처럼 유일신을 신봉하지 않는, 정말 수많은 신들을 믿는 종교이다. '브라흐마Brahma' '비쉬누Vishnu'와 함께 힌두교의 삼대 주신 가운데 하나인 '시바Shiva'는 그리스 로마 신화로 치자면 거의 '제우스Zeus'와 같은

인도, 네팔을 여행하던 20대 시절.
네팔 고산지대의 아이들과 함께한 사진.
이 아이들은 높은 지대에 사니
신과 조금 더 가깝게 소통을 할 수 있지 않을까.
옴나마시바야…… 옴나마마마야……

급인데, 힌두교도들에게는 상당한 영향력을 가지고 있는 신이다. 파괴와 재창조를 거듭하는 시바는 힌두교도들이 가장 두려워하는 신인 동시에 가장 사랑하는 신이다. 시바를 믿는 힌두교도들은 늘 시바에 대한 거룩한 인사인 '옴나마시바야Om Namah Shivaya:시바를 찬양합니다, 시바에게 귀의합니다'를 읊조린다. 인도를 여행하다 보면 시바와 함께 그의 부인 '파르바티Pārvatī'의 그림과 조각들을 종종 볼 수 있다. 거리 곳곳에서는 불교의 6자 진언인 '옴마니밧메훔Om mani padme hūm'이 흘러나오는데, 그와 함께 가장 많이 흘러나오는 노래가 '옴나마시바야Om Namah Shivaya'이다. 인도 사람들이 얼마나 시바를 사랑하는지를 알 수 있다. 시바는 알면 알수록 참 흥미로운 신임에는 틀림없다.

불교는 힌두교의 영향을 많이 받았다고 한다. 우리나라도 한때 불교국가라서 그런지 누가 가르쳐주지 않았는데도, 사람들의 DNA 속에 힌두교에 대한 앎이 자연스레 녹아 있는 듯하다. 가끔 길 가다 이런 소릴 듣는다.

"에이 시바 깜짝이야On my Shiva surprised."

반가워서 돌아보면 십중팔구 내가 아는 그 시바Shiva를 찾고 있는 건 아니지만, 인도 문화에 익숙하고 시바를 좋아하는 내가 듣기엔 그 역시도 정겹다. 역시 신들 중 최고의 신이라 불리는 시바는 정말 대단하지 않은가. 이 먼 곳 코리아에까지 힌두이즘을 전파시켰으니 말이다. 동음이의어이긴 하지만 한국의 길거리에서도 '옴나마시바야Om Namah Shivaya' 대신에 심심찮게 들려오는 '시바'라는 말은 나에게 위안과 동시에 인도의 향수를 조금이나마 느끼게 해준다. 천에 한 명, 만에 한 명 정도는 그 '시바'가 아니라 이 '시바Shiva'를 말하지 않았을까 하는 생각으로 스스로에게 최면을 걸며 인도 다음으로 시바를 많이 찾는 나라 한국에서 오늘도 살아간다.

그날의 여행은 딱히 목적도 없었고, 행선지를 정하고 떠난 여행이 아니었기에 시골마을로 가서 산책도 하고, 허름한 구멍가게에서 아이스크림도 사 먹고, 아름드리나무 밑의 평상에 앉아서 이런저런 이야기도 나누었다. 아들과 집 앞 산책을 나온 듯 유유자적하게 다녔다.

그 짧은 여행을 마치고 집으로 돌아오는 길이었다. 오늘은 엄마에 대한 이야기를 많이 해서 그런지, 그날따라 아들은 유독 엄마를 많이 보고 싶어 했다.

"아빠. 근데, 엄마 보고 싶다."

"하하. 그래, 알았어. 빨리 가자. 엄마가 기다리는 집으로."

믿고자 한다면 신은 세상 어디에든 있을 것이고, 그렇지 않다면 세상 어느 곳에도 없을 것이다. 자각을 하든 하지 못하든 늘 곁에서 우리를 보살펴주기 위해 존재하는 신의 대리인인 어머니를 떠올리며 한번 말해보자. "옴나마시바야Om Namah Shivaya, 옴나마마마야Om Namah mamaya."

Chapter 2

우리 모두의 고향은 지구별

09

여행길에서 발견한
아들의 고향

"자, 뛴다. 하나 둘 셋. 오예! 아빠가 이겼다. 만세!"

"에이, 아니야 아빠! 아빠가 졌어."

"왜? 이만큼이나 많이 왔는데? 말도 안 돼."

"응, 아니야. 금 밟았어."

"푸하하. 그래, 금 밟았네. 할 수 없지, 뭐. 아들이 이긴 걸로."

"오예! 아빠, 나 멀리뛰기 많이 늘었지?"

"그러게. 바둑공부 하느라 앉아 있는 시간이 많아서 걱정했는데, 확실히 매일 운동도 같이하니까 효과가 있네. 체력도 많이 늘었어. 칭찬해."

한때 바둑 프로기사 지망생이었던 아들은 초등학교 시절 4년 동안 오롯이 바둑 공부를 하며 혼자만의 시간을 보냈다. 오후 두세 시쯤 학교를 마치고 나면 밤 열 시까지 바둑공부만 했으니, 지금 돌이켜 생각해봐도 어린 나이에 홀로 고독한 시간을 건디기가 많이 힘들었을 것 같다. 본인이 그 길을 원하긴 했지만 주위의 기대도 컸으니 어린 나이에 마음의 부담이 많이 되었을 것이다.

바둑의 특성상 앉아 있는 시간이 많으니 건강이 몹시 염려스러웠다. 그래서 체력도 키우고 바둑 공부로 인한 스트레스도 줄일 겸 꾸준히 운동을 시켰다. 그것이 신의 한 수였다. 자리에 가만히 앉아서 하는 공부는 의외로 상당한 체력을 필요로 한다.

오랜만에 바둑 선생님께 허락을 받고 머리도 식힐 겸 주말에 캠핑장으로 떠났다. 아들은 바둑 공부를 하느라 내내 자리에 앉아만 있었던 본인의 체력이 끄떡없다는 것을 보여주고 싶었던지 틈만 나면 운동을 하자며 자신감을 뿜냈다. 캠핑하기에 좋은 계절인 초가을이라 캠핑장에는 사람들이 곳곳에 자리를 잡고 있었다. 멀리뛰기도 하고 땅따먹기도 하며 놀고 있는데, 갑자기 아들에게서 질문이 날아왔다.

"아빠, 근데 난 고향이 어디야?"

땅따먹기를 할 때 지역 이름을 붙여가며 놀다가 언뜻 궁금해진 모양이다. 갑자기 훅 들어온 질문에 대답을 하지 못했다. 아들은 서울에서 태어나 부산에서 1년 정도 지냈다. 그 후 다시 서울에서 살다가 지금은 경기도에서 오랜 시간 살고 있으니 참으로 애매한 질문이 아닐 수 없었다.

'고향'의 뜻을 찾아보면, "나의 과거가 있는 곳, 정이 든 곳, 일정한 형태로 내게 형성된 하나의 세계"라고 한다. 이 말이 어려워 어학사전에 있는 짧은 뜻을 찾아보니 "자기가 태어나서 자란 곳. 조상 대대로 살아온 곳. 마음속에 깊이 간직한 그립고 정든 곳"이라고 되어 있다. 곰곰이 생각을 해보았다. 과연 사랑하는 아들의 고향은 어디인지. 사실 아들의 고향을 생각해보면 태어난 곳과 자란 곳이 다르고, 자란 곳도 계속 바뀌어서 한곳으로 단정 짓기가 힘들다. 조금 더 커서 스스로 정하는 것이 낫겠다 싶었지만 아이가 말뚱말뚱한 눈망울로 나를 쳐다보며 대답을 기다렸기에 질문을 피하면 안 될 것 같았다. 그래서 아들에게 되물었다.

"사랑하는 아들의 고향은 어디일까? 아들은 고향을 어디로 하고 싶어?"

"응…… 난 그냥 아빠랑 같은 고향으로 할래. 평소에 친구들한 테도 다 그렇게 말했는데?"

"하하하! 아들아, 넌 부산에 1년도 안 살았는데? 그래도 고향을 부산으로 할 거야?"

"응. 나는 아빠랑 같은 고향으로 하고 싶어. 고향이라면 뭔가 좀 시골틱해야 제맛이잖아."

"참 나. 부산 시골 아니고, 부산광역시거든? 그래, 그럼. 아들 고향은 부산으로 해라. 그리고 조금 더 크면 고향은 다시 또 이야기해 보자. 그때가 되면 생각이 바뀔 수도 있으니까."

"오예! 그럼 지금부터 내 고향은 부산이다."

"하하, 우리 아들 오늘 고향 만들었네. 아들아, 예수가 말씀하셨다. 진리가 너희를 자유롭게 하리라. 시간이 날 때마다 사전을 찾아보며 단어의 본래 뜻인 어원語源에 대해 알아보면 정말 많은 진리가 너에게 다가올 거야. 그렇게 어원을 알아보며 진리를 찾아가다 보면 어느새 많은 것들을 알고 있는 스스로를 느끼게 될 거고. 결국 세상의 모든 말들은 단어의 조합으로 이루어지니까 진리가 너를 자유롭게 하도록 시간 날 때마다 단어를 찾아봐. 진리를 깨우치면 사람은 자유로워지니까."

"음……. 좀 어려운데, 무슨 말인지는 알겠어. 근데 아빠는 종교 없잖아?"

"하하하, 아들아. 진리를 탐구하는 데 종교가 왜 필요하냐? 부처님도 예수님도 추구하는 건 모두 비슷하지 않겠니? '죄짓지 마라', '너와 네 이웃을 사랑하라', '베풀고 살아라', '생명을 소중히 생각하라' 이런 말들도 다 진리 아닐까?"

"흠, 맞네! 알겠어. 시간 날 때마다 단어 많이 찾아볼게. 재밌겠네, 히히."

어원을 찾다 보면 많은 난관에 봉착하게 된다. 평소 우리가 자주 사용하는 단어의 의미에 대해서 깊이 있게 다시 한 번 생각해보게 된다. '엄마', '하늘', '산' 등의 단어들을 예로 들어보자. '엄마'의 경우 "자기를 낳아 준 여자를 이르거나 부르는 말"이라고 국어사전에 나와 있다. 그럼 자기를 낳은 엄마와 길러준 엄마가 다르다면 '나를 길러준 여자'는 엄마가 아니란 말인지······. '하늘'은 "지평선이나 수평선 위로 보이는 무한대의 넓은 공간"이라고 설명되어 있다. 그럼 대류권, 성층권, 중간권, 열권, 외기권 모두를 하늘로 포함하는지 우주와의 경계가 모호한 외기권도 하늘로 치는 것인지, 우리가 위를 올려다볼 때 눈에 보이는 것은 모두가 하늘인지 정의가 모호하다. '산' 역시 마찬가지이다. "평지보다 높이 솟아 있는 땅의 부분"이 사전적인 의미의 산이라면, 몇 미터 높이부터가 산인지, 언덕과 산의 구분은 몇 미터를 기준으로 하는지, 한 번쯤 생각해봄직하다.

이렇게 사전을 찾아 단어의 본질을 파고들어가다 보면 국어사전에 나와 있는 단어조차도 보편타당성을 지닌 의미를 나타낸 것이기는 하나 완벽하지는 않다는 것을 알 수 있다. 국어사전에만 의지할 것이 아니라 단어의 본질에 대한 스스로만의 탐구가 필요하다.

'엄마'는 나를 낳아주고 길러주신 분, 또는 둘 중 하나를 하신 분. '하늘'은 실외에서 고개를 들어 위를 올려다보았을 때 보이는 물체를 제외한 모든 것. 그리고 '산'은 올라가기 1%라도 부담스러우면 '산', 부담스럽지 않으면 '언덕'으로 나름의 정의를 내려보는 것도 재미있을 것이다.

재미삼아 '예술'과 '외설'의 차이에 대해 한마디 덧붙이자면 다음과 같다. 사전적인 의미로의 '예술'은 "기예와 학술을 아울러 이르는 말"이고, '외설'은 "사람의 성욕을 함부로 자극하여 난잡함"을 이르는 말이다. 하지만 예술과 외설의 차이를 한마디로 말하자면 다음과 같이 정의할 수도 있을 것이다. '예술'은 다 같이 보는 것이고,

'외설'은 혼자서 보는 것. 누구도 부인할 수 없는 명백한 정의가 아닐까.

캠핑을 떠나와 아들의 고향을 발견하게 된 것은 우리에게 큰 의미였다. 그리고 보면 어린 시절 많이 옮겨 다닌 덕분에 고향이 애매모호한 사람들이 한둘이 아닐 것이다. 과연 고향이란 무엇일까? '내가 한때 정붙이고 살았던 곳 중 가장 마음에 드는 곳'이 고향 아닐까? 넓은 의미로 본다면 우리 모두의 고향은 '지구별'이라 해도 어색하지 않을 것 같다.

10

책과 함께하는
여행

충남 태안반도에 위치한 조용한 시골 마을에는 친하게 지내는 지인의 부모님께서 운영하는 민박집이 있다. 고즈넉하면서도 시골 인심을 고스란히 간직한 이곳은 언제 찾아도 정겹고, 고향에 온 듯 푸근한 느낌이 들어 좋다. 도심을 떠나 이곳으로 올 때면 차창 밖에는 드넓은 서해안 갯벌이 펼쳐지고, 조금 더 지나면 언덕 위에 동화 같은 집들이 있을 것만 같은 푸른 목장이 펼쳐진다. 시골길로 접어들면 좌측에 연꽃이 가득한 호수와 논밭이 이어지는데, 때로는 파랗게 때로는 노랗게 익은 그곳을 지날 때마다 정겨움을 준다.

연꽃으로 펼쳐진 호수를 지나칠 때면 늘 발걸음을 멈추고, 상상에 젖곤 한다.

'내년에 올 때쯤이면 우리는 또 얼마나 변해 있을까. 5년, 10년

후에는 얼마나 더 변해 있을까.'

그리고 호수를 배경으로 가족의 모습을 항상 사진으로 남겼다. 그렇게 연례행사처럼 되어버린 여행길이 벌써 10년째이다. 그곳은 무엇보다 인적이 드물어 오롯이 우리만의 공간처럼 느껴져서 참 마음에 드는 곳이었다. 또 드넓은 백사장과 시원한 소나무 숲이 있어서 좋았다.

우리가 도착했을 때는 마침 1km 넘게 바닷물이 빠져나가 조용히 산책하기에 좋은 시간이었다. 아들과 함께 갯벌을 산책하고 난 후에는 소나무 숲에 해먹을 쳐놓고 흔들거리며 유유자적한 시간을 보냈다. 여행을 오면 이런 시간이 참 좋다. 이미 아무것도 하고 있지 않지만 더욱더 격렬하게 아무것도 하지 않는 시간들…….

해먹에 누워 바람이 소나무 숲을 가르는 소리와 파도 소리를 음악 삼아 들으며 책을 펼쳐 들었다. 소나무 숲 사이로 쏟아지는 햇볕을 벗 삼아 책에 빠져드는데 문득 아들이 내게 "왜 굳이 여행까지 와서 책을 읽어?" 하고 물었다. 아이가 이런 질문을 던질 때면 나는 마치 영화의 한 장면처럼 "음, 왜 그러냐면 말이지……" 하고 운을 뗀다. 그러고는 옛날, 나 혼자 여행을 했던 시절을 상상하며 그 상황 속으로 빠져들곤 한다.

혼자서 몇 달씩 여행을 할 때는 늘 조그마한 포켓북을 서너 권씩 가지고 다녔다. 집으로 돌아올 때면 몇 번이나 본 책들은 이미 손때가 묻고 너덜너덜해져 있었다. 그렇게 나와 함께한 책도 여행의 흔적을 고스란히 간직하고 있었다. 휴대하기 좋은 포켓북은 여행자에게 있어서는 빠질 수 없는 필수품이다. 여행지에서 이동수단을 기다릴 때나 조용한 공원에서 산책을 하다 벤치에 앉아 쉴 때, 혹은 숙소에서 휴식을 취하며 다음 날 여정을 준비할 때 펼쳐보는 손바닥만한 포켓북은 여행자에게 핸드폰과는 또 다른 즐거움을 선사해준다.

2000년 네팔에서의 일이다. 해가 어슴푸레 저물어갈 때 히말라야에서 만년설을 바라보며 숙소 앞 벤치에 앉아 책을 읽고 있는데, 웬 여인이 다가와서 뭘 하느냐고 물어왔다. "산을 한 번 바라보고, 책을 한 구절 읽고, 또 산을 한 번 바라보고, 책을 한 구절 읽고 있다"고 했더니 여인은 싱긋 웃으며 여기까지 와서 왜 책을 읽느냐고 물었다. 그래서 "이곳까지 왔기 때문에 책을 읽는 것"이라고 답을 했다. 내가 언제 또 이곳 히말라야 산꼭대기까지 와서 만년설을 바라보며 책을 읽을 기회가 있겠는가. 그때 읽은 책이 법정스님의 《새들이 떠나간 숲은 적막하다》라는 포켓북이었다. 그 책에서도 "책은 그 읽는 시기와 장소에 따라 감흥이 아주 달라질 수 있다. 그리고 책을 대하는 마음가짐이 뭣보다도 중요하다"라고 말한다. 그렇다. 장소에 따라 감흥과 책을 대하는 마음가짐이 달라지니 여행지에서 읽는 책의 내용이 나에게 전하는 메시지는 평소와는 다른 의미로 다가올 수밖에 없다.

장소가 바뀌면 분위기가 바뀌고, 분위기가 바뀌면 받아들임도 달라진다. 집이나 사무실에서 읽는 책은 숙제 같은 느낌이 들기도 하지만, 여행을 하며 읽는 책은 무료한 시간을 달래주는 친구나 놀이처럼도 느껴진다. 집에서 책을 읽을 때의 느낌과 사무실에서 책을 읽을 때의 느낌, 지하철이나 버스에서 또는 커피숍에서 책을 읽을 때의 느낌이 다르듯 여행지에서 책을 읽으면 책을 받아들이는 마음가짐이 또 달라진다. 글을 쓰거나 책을 읽거나 일을 할 때 사무실이나 집에서 해도 될 텐데, 굳이 커피숍에서 하면 더 잘될 때가 있는 것과 마찬가지다. 물론 우리 주변의 자연, 생활환경에서 발생하는 백색소음이 한몫 거들기도 하지만, 누군가 나를 지켜보고 있을지도 모른다는 타인의 시선을 의식하기 때문에 혼자만의 공간에서 하는 것보다 집중이 더 잘되기도 한다. 일부러 그런 환경을 만들게 되면 평소 혼자 있을 때보다 나에게 더 집중하는 시간을 누릴 수 있다.

책이 나에게 가르치고자 하는 것이나 나와 공감하고자 하는 것을 좀 더 여유롭고 넓은 마음으로 받아들이게 된다. 즉 평소보다 내가 책을 받아들일 수 있는 깊이와 넓이가 늘어나는 것이다.

우리가 살아가면서 무언가를 받아들일 수 있는 범위Spectrum가 늘어난다는 것은 '내'가 그만큼 한 단계 더 성장한다는 것이다. 평소 일상생활을 하면서 일부러 그런 상황을 만들기란 좀처럼 쉬운 일이 아니다. 하지만 여행을 떠나오면 여유가 생긴다. 사람은 여유가 생기면 지금 자신이 처한 상황을 바라보는 관점이 평소보다 조금 더 너그러워지고 편안해진다. 여유로운 상태에 놓인 여행자는 책을 더 이상 공부가 아닌 놀이로서 대하게 된다. 평소 책을 잘 읽지 않더라도 여행을 떠나오면 책에 대해 조금은 관대할 수 있을 것이며, 책의 내용이 평소와는 다른 의미로 재해석될 것이다. 여유롭고 색다른 마음가짐으로 책을 접할 수 있는 이런 좋은 기회를 여행자는 놓쳐서는 안 된다. 이런 좋은 기회를 책과 함께한다는 것은 어떻게 보면 오히려 행운이다.

책 읽기는 습관이 되지 않으면 실천하기 힘들다. 나쁜 습관은 고치기 힘들지만 반대로 좋은 습관을 만들기란 더 힘들다. 별것 아닌 일을 가끔 하는 것은 말 그대로 별것도 아닌 일이고, 가끔 하는 것이라 어렵지 않다. 하지만 정말 힘든 것은 별것 아닌 일을 하루도 빠지지 않고 꾸준히 하는 것이다. 별것 아닌 일을 꾸준히 하게 되면 어느 순간 특별한 것이 된다. 꾸준히 하는 독서도 바로 그런 것이다. 별것 아닌 독서를 매일 조금씩 해보니 그것이 쌓여 나중에는 내 인생의 특별한 것이 되었다.

"아들은 요즘 무슨 책 읽어?"

"응, 난 지난 크리스마스 때 산타할아버지한테 선물 받은 베르나르 베르베르의 《잠》."

"재밌어?"

"응. 우린 일생의 3분의 1을 잠을 자면서 보낸대. 사람이 90년을 산다고 가정하면 30년은 잠을 잔다는 거지. 그리고 30년 중에서 12분의 1은 꿈을 꾸면서 보낸대. 그럼 평생에 2년 6개월은 꿈을 꾼다는 거잖아? 그런 생각을 한 번도 안 하고 살았는데, 책을 읽으면서 그렇게 계산이 된 걸 보니 우리가 되게 많은 시간 동안 잠을 자고 꿈을 꾸는구나 하는 걸 알았어."

"흠……. 그래?"

"응. '깨어 있는 시간이 생각보다 짧구나. 그래서 깨어 있을 때 더 열심히 재밌게 살아야겠구나' 그런 생각이 들었어. 나 이제 더 열심히 생활할 거야. 공부도 더 열심히 하고 놀기도 더 열심히 놀면서 재밌게 살아야겠어."

"이야, 대단한데? 역시 책 속에 길이 있구나. 우리 아들 많이 컸네?"

"아빠는 요즘 무슨 책 읽어?"

"응? 아빠는 요즘 채사장 작가의 《지적 대화를 위한 넓고 얕은 지식》이란 책을 읽고 있어."

"넓고 얕은 지식? 재밌어?"

"응. 팟캐스트 방송으로도 들었는데, 책으로 읽으니 또 다른 깊이가 있네. 괜히 베스트셀러가 아닌 것 같아. 아빠가 궁금했던 것들이 일목요연하게 정리되어 있어서 책이 술술 넘어가고 재밌어. 아들에게도 추천하는 책이니까 시간 내서 한번 읽어보면 좋을 듯한데? 날씨가 따뜻하니 잠이 솔솔 온다. 우리 해먹에 누운 김에 '잠'을 청하며 마저 이야기하자."

부모가 아이에게 물려줄 수 있는 가장 좋은 유산은 바로 올바른 가치관과 삶의 철학이다. 물론 세상 모든 부모가 가지고 있는 가치관과 철학이 다 옳다고 볼 수는 없다. 많이 배운 자와 많이 배우지 못한 자, 많이 가진 자와 많이 가지지 못한 자, 오른쪽이든 왼쪽이든 한쪽으로 치우친 자, 세상을 보는 시각과 사고방식은 모두가 다를 것이다. 하지만 아이에게만큼은 어느 한쪽에도 치우치지 않고 중립적인 입장에서 모든 상황을 판단하고, 옳고 그름을 가려낼 수 있는 '좋은 눈'을 심어주어야 한다. 그것이 바로 부모가 꼭 해야 할 일이다.

A가 영원히 좋을 수도 없고, B가 영원히 나쁠 수도 없다. A와 B가 언제든 돌아가며 나쁠 수도 있고, 좋을 수도 있으며, 예상치 못한 C가 더 좋을 수도, 더 나쁠 수도 있다. 옳은 것은 칭찬하고, 나쁜 것은 비판할 수 있는 정확한 눈이 부모가 아이에게 물려주어야 할 유산이다. 그 일은 아이와 함께하는 여행을 통해 세상을 좀 더 포용하

는 마음으로 바라본다면 더 쉽게 가능할 것이다. 더불어 책과 함께 여행을 한다면 좀 더 큰 삶의 그림을 그릴 수 있을 것이다.

아이가 스무 살이 넘어 성인이 되면 이런 시간을 함께 공유하기가 다소 힘들 것 같았다. 그래서 지금 아이와 보내는 이 순간이 더없이 소중하다는 생각으로 시간이 날 때를 기다리지 않고 일부러 시간을 내서 함께하고 있다. 우리가 살아보니 시간은 분명 생각보다 훨씬 더 빠른 속도로 흘러가지 않던가.

"아빠. 여행 와서 책 읽으니까 뭔가 좀 괜찮은 것 같아."

"그렇지? 기분 좋게 흔들거리는 해먹에 누워 책을 읽어보니 뭔가 다른 느낌으로 다가오지? 더군다나 잠도 잘 오고. 책 읽다가 자니까 뭔가 뿌듯하지 않니?"

"응. 숙제처럼 읽는 게 아니라 그냥 한 줄만 읽어도 되겠지,라는 가벼운 마음으로 읽으니까 똑같은 내용을 읽어도 되게 편안하고, 넓은 마음으로 받아들이는 느낌적인 느낌? 근데 무엇보다 잠이 잘 와서 좋아, 히히."

"하하하! 솔직해서 좋다. 베르나르 베르베르가 너에게 많은 영향을 끼친 모양이구나. 이제 모닥불이나 피우러 가자."

어느새 서해는 붉게 노을로 물들어가고, 파도도 바로 발아래까지 와서 찰랑거렸다. 파도 소리를 벗 삼아 책과 함께한 아들과 아버지의 시간이 그렇게 흘러갔다. 옛 어른들이 책 속에 길이 있다고 한 것을 여실히 느낄 수 있는 하루였다. 확실히 책 속에는 길이 있는 듯하다.

11

기다림을 대하는 우리의 자세

아들과 함께 배낭을 메고 대중교통을 이용해서 여행을 떠날 때가 간혹 있다. 거추장스럽지만 텐트와 침낭까지 배낭에 다 넣어서 떠날 때도 있고, 미리 숙소를 정해놓고 간단한 옷가지만 배낭에 달랑 넣어서 떠날 때도 있다. 대중교통이 잘되어 있는 우리나라이긴 하지만 행선지를 시골 마을로 정해놓고 찾아가다 보면 버스가 하루에 서너 번 있는 곳이 아직도 허다하다. 처음에는 모든 것을 빨리하는 문화에 젖어 있는 한국 사람이라 그런지 나도 아이도 기다림에 익숙하지 못한 편이었다. 하지만 기다림을 대하는 우리의 자세는 여행을 하는 시간이 반복되면서 조금씩 성숙해졌다.

그날 우리가 가기로 했던 목적지로 들어가려면 마지막 버스로 갈아타야 했다. 그런데 도착 예정 시간이 훨씬 지났는데도 버스가 오

배낭을 메고 대중교통을 이용해서
여행을 떠날 때가 간혹 있다.
버스의 기다림을 즐기지 못하면
답답함을 느낄 수도 있다.

기다림은 여행에서도 인생에서도 우리에게 필요한 덕목이다.
시간이 반복되면서 기다림에 익숙해졌고
조금씩 성숙해지는 우리를 발견할 수 있었다.

지 않았다. 십중팔구 사고 아니면 교통체증 때문일 텐데, 날씨가 꽤 더웠던 탓인지 아들은 버스가 빨리 오지 않는다며 힘들어했다. 기다림이 다반사인 인도 여행을 다녔을 때를 생각하면 나는 기다림이 그다지 불편하지 않을 법도 한데, 사람은 늘 익숙함에 생각보다 빨리 젖어든다. 어느덧 인도 네팔의 만만디 문화는 까마득히 잊어버리고, 한국의 빨리빨리 문화에 젖어든 나는 기다림을 즐기지 못했고 버스를 기다리며 답답함을 느꼈다. 하지만 아들에게 내색을 할 수는 없었기에 무심한 척 먼 곳을 바라보고 딴청을 피우며 하염없이 시간만 보냈다.

"아빠. 버스가 왜 이렇게 안 와? 시간이 한참 지났잖아. 아, 지겨워!"

"사랑하는 아들아. 인생은 기다림의 연속, 인내심의 연속이라고 하잖아. 아빠는 삼십 년을 기다린 끝에 너무나두 보고 싶었던 우리 아들을 만났잖아? 수십 년도 기다렸는데, 이거 몇 분을 못 기다려서야 되겠니? 조금만 더 기다려보자. 우리 기다리는 동안 게임이나 할까?"

지겨워하는 아들을 조금은 거창한 말로 달래놓고 끝말잇기, 축구 선수 이름 대기, 위인 이름 대기를 했다. 이렇게 말로 하는 게임들을 하면 처음에는 잘 나가다가 결국에는 삼천포로 빠지기가 십상이다. 둘 다 억지를 부리며 나중에는 엉뚱한 이름을 갖다 붙이기 때문인데, 보통은 서로 어이없어하며 박장대소로 게임을 마무리한다.

생각보다 기다리는 시간이 길어지다 보니 예전 여행하던 시절이 떠올랐다. 해가 조금씩 저물어갈 저녁 무렵 인도의 어느 시골 조그만 기차역 안이었다. 시골 마을이라 기차를 기다리는 사람이 드문드문 있었고, 며칠 머물렀던 곳에서 다른 지역으로 이동하기 위해 나도 한구석에 자리를 잡고 기차를 기다리는 중이었다. 여러 곳을 여행하다 보면 특정한 장소를 생각할 때 아련하게 떠오르는 기억이 있다. 나에게는 기차역이 그런 곳이다. 기차역 플랫폼에서만 느낄 수 있는 어떤 정취가 있다. 그것은 공항에서 느끼는 것과는 조금 다른 느낌이다. 사람들의 숨소리가 가까이서 들리고, 왠지 모르게 우리 삶과 맞닿아 있는 듯한 느낌이 든다. 플랫폼을 가득 채우는 안내방송의 울림을 뒤로한 채 짐을 싸들고 분주히 떠나고, 서둘러 도착하는 사람들의 모습 속에서 여행은 시작되고, 또 마무리된다. 그런 이유로 플랫폼은 외로움과 설렘을 동시에 느낄 수 있는 곳이다.

　　인도에서는 기차가 연착되는 일이 다반사다. 연착이 안 되는 것이 이상하리만치 연착은 일상화가 되어 있다. 사람들은 기다림에 익숙해져 있고, 누구 하나 기다리는 시간에 대해 불평하는 사람은 없다. 나 또한 기다림에 익숙해져 있던 터라 연착을 당연시 여겼고, 배낭에서 책을 꺼내들어 읽기 시작했다. 이따금 외국인 여행자를 신기하게 생각하여 다가와 말을 거는 호기심 많은 인도 사람들과 잠시 이야기도 나누며 조용히 기다리는 시간을 즐겼다. 하지만 기차를 기다리는 시간이 이상하리만치 많이 지나자 어쩔 수 없이 초조해졌고, 도대체 이놈의 기차는 언제쯤 도착하는지 지루해졌다. 음악을 듣다가 벤치에 앉아서 쪽잠을 잤다. 어느새 어슴푸레 날이 밝아오기 시작했고, 이윽고 안내방송이 흘러나왔다. 힌디어와 영어가 섞여 나오는 와중에 분명히 내가 들을 수 있었던 한마디는 'Cancel취소'이라는 단어였다. 연착이 된 적은 많았지만 지금까지 이런 적이 한 번도 없었는데, 내가 기다리던 기차는 결국 그날 12시간을 넘게 기다린 끝에 취소가 되었다. 혹시 내가 방송을 잘못 들었나 싶어서 주위에도 물어보고, 역무원 사무실까지 가서 물어보았지만 정말 취소된 것이 맞았다. 그것을 확인하고 난 후 밀려오는 허탈함과 황망함은 그 무엇으로도 형용할 수 없었다.

왜 이런 일이 벌어지는지 도무지 이해할 수 없었다. 그 사실을 역무원에게 따져 물었지만 그는 연신 "문제없다No Problem"라는 말만을 되풀이하며 아무렇지도 않다는 제스처를 취했다. 나는 결국 수긍할 수밖에 없었다. 떠나기로 마음먹은 그 동네가 나를 못 가게 붙잡아두는 듯하여 오만 가지 생각이 교차했지만, 이 역시 운명이겠거니 생각하며 발걸음을 돌려 머물던 숙소로 다시 향했다. 결국 그곳에서 며칠 더 머물게 되었다. 마치 떠나고 싶어도 떠나지 못하는 〈트루먼 쇼〉라는 영화에 나오는 한 장면이 연출되는 듯했다.

이해할 수 있는 범위를 넘어선 듯하나 사실 이해하자고 마음먹으면 이해하지 못할 일이 없었다. 기관사가 갑자기 큰 사고를 당했을 수도 있고, 열차 사고가 났거나 아니면 상식을 벗어나는 터무니없는 일이 발생하여 기차가 출발하지 못했을 수도 있었다. 그렇게 이해하기로 마음먹으면 그만이었다.

이해는 깨달아서 안다는 뜻인데, 우리말보다는 영어로 접근하면 더 쉽게 수긍이 가능하다. '언더스탠드Understand:이해하다'는 말 그대로 '이해하다'라는 뜻이다. 하지만 '언더Under'와 '스탠드Stand'를 따로 분리해서 생각해보면 단어의 의미가 조금 더 깊게 다가온다. 정말 '언더 스탠드Under Stand: 아래에 서다'를 했을 경우에만 상대방에게 "이해했다I'm understand"라고 말하는 것이 가능한 법이다. 상대가 "Do you understand?너 이해하니?"라고 물어봤을 때는 정말 자신이 아래Under에 서서Stand 하심下心: 자기를 낮추고 남을 높이는 마음을 하고 있는지를 생각해봐야 한다. 내 마음을 낮추었을 때에만 비로소 상대의 말에 공감하고, 이해하며, 수긍할 수 있다. 가벼운 행동을 동반한 말투로 '언더스탠드'를 백날 외쳐봤자 상대에게는 진심이 전해지지 않는다. 상대의 말이 정말 이해가 되었다면 깊게 생각하고 난 후 수긍하는 행동과 말투로 상대의 눈을 바라보며 진지하게 "언더스탠드"라 말하자. 그러면 상대에게 진심이 전해진다. 도무지 이해할 수 없는 일이 일어난 그날 나는 스스로에게 "Do you understand?"라고 물어보았고, 결국 "Under Stand" 할 수 있었다.

기차가 취소된 것도 이해할 수 있었고 역무원의 "노 프라블럼"도 이해할 수 있었다. 이날 이후 세상을 향한 나의 이해는 조금 더 깊어졌다. 상대의 질문에 나를 낮추고, 한 번 더 생각한 후 비로소 대답을 건네는 계기가 되었다.

아들에게 이 이야기를 들려주자 아들은 무언가 생각에 잠겼다.

그러더니 곧 이렇게 말했다.

"아빠, 아임 언더 스탠드I'm Under Stand. 버스가 무슨 사정이 있겠지. 조금만 더 기다려보자."

이윽고 버스는 도착했고, 우리는 연착이 당연하다는 듯이 아무 말 없이 버스에 올라탔다. 그 이후 깊어진 이해는 아들과 나를 조금 더 철들게 만들었고, 기다림을 대하는 우리의 자세는 조금 더 성숙해졌다.

세상을 살아가며 힘들거나 이해가 안 되는 일이 있을 때는 'Understand'를 하지 말고 'Under Stand'를 해보도록 하자. 그럼 조금은 더 여유로운 마음으로 세상을 이해할 수 있지 않을까.

"Do you Understand?"

아빠, 나 꼰대일까?

삶에 대한 호기심과 열정 가득했던 이십대 시절 누가 오라는 사람도 없었고, 기다리는 것도 아니었는데, 마치 여행을 다니지 않으면 안 되는 의무감이라도 있는 듯 여기저기 많이도 다녔다. 그저 떠나고 싶었고, 새로운 곳에서 새로운 사람들을 만나고 싶었다. 그뿐이었다. 특별한 이유는 없었지만 그저 떠나고 싶었던 그때 나는 잠시 '방황'했던 것 같다.

'삶의 의미'니 '깨달음'이니 하는 거창한 것들을 목적으로 간 것은 아니었다. 그런데 여행을 마치고 나면 결국엔 그것들이 자연스레 내 삶 속에 자리 잡았다. 굳이 삶이니 깨달음이니 하는 거창한 말들을 늘어놓지 않아도 그것들은 여행을 마치면 자연스럽게 남게 되는 것이었다. 여행을 마친다는 것. 그것은 집을 떠나서부터 돌아올 때까지의 물리적 시간만을 의미하지는 않는다. 일정 중 하루의 여행을

103

가장이 되고 난 후

나 홀로 훌쩍 여행을 떠날 수 없었기에

5년 동안 홈스테이를 하며 외국인들과 동고동락을 했다.

우리 집에서 두 달간 머물렀던 메튜는

2년 후 가족과 함께 한국으로 우리 가족을 만나러 왔다.

마치는 순간일 수도 있고, 시간과는 상관없이 어느 하나의 깨달음을 얻는 순간일 수도 있다.

삶에 대해 조금씩 알아가던 어느 쌀쌀한 겨울날, 가정을 가지게 되었다. 그리고 어느새 사랑스러운 아이들의 아빠가 되었다. 가장의 책임을 다해야 했기에 더 이상은 예전처럼 혼자서 자유롭게 훌쩍 떠나기가 쉽지 않았다. 하지만 내 몸속 깊숙이 자리 잡은 여행자의 DNA는 나를 계속해서 부추겼다. 한참을 고민하던 어느 날 '그래. 떠날 수 없다면 집으로 불러들이자'라는 생각이 들었고, 그 생각이 든 순간 바로 실행에 옮겼다. 다만 집에 아이들이 있으니 신분이 불확실한 여행자들을 아무나 불러들일 수는 없었다. 신분이 확실한 사람을 초대하고자 했고, 이왕이면 아내와 아이들에게도 도움이 되는 시간이기를 원했다.

그렇게 생각하고 난 후 5년 동안 홈스테이를 하며 외국인들과 동고동락을 했다. 한국에 공부를 하러 온 미국무부 초청 장학생들을 대상으로 홈스테이를 시작했는데, 미국 전 지역의 각 주에서 한 명씩 뽑힌 장학생들이 1년에 두 번 한국으로 오는 프로그램이었다. 짧게는 2개월에서 길게는 1년 동안 10명의 아이들이 우리 집에서 머물다 갔다. 지금까지도 몇 명의 아이들과 연락을 하며 지내는데, 홈스테이를 하며 외국인에 대한 거부감이 없어진 우리 아이들을 보면 그때의 시간이 아이들에게도 의미 없는 시간은 아니었던 듯하다.

홈스테이를 그만둔 지 몇 년이 지나 아들이 중학교의 두 번째 겨울방학을 맞이할 무렵. 아들은 문득 외국 사람과 영어로 대화를 하고 싶다고 했다. 그래서 지난날 우리 집에서 홈스테이를 하고 간 아이 중 한 명에게 아들과 비슷한 또래의 아이를 소개시켜달라고 부탁했고, 매기Maggie라는 아이가 아들보다 한 살 적은 친척 남자아이를 소개시켜줬다. 둘은 SNS로 처음 대화를 나눴다. 그것을 보고 재밌는 점을 발견했다. 역시나 아들도 한국 사람은 한국 사람인가보다 싶었다. 이유인즉슨, 소개받은 아이는 중국계 미국인이었는데, 아들이 그 아이에게 계속해서 나이를 물어보는 것이었다. 그쪽에서 나이를 말하니까 외국 나이와 한국 나이는 다른지라 정확히 몇 년생이냐고 또다시 물어보는 것이었다. 나이가 궁금할 수도 있었겠지만 어떤 의도에서 물어보았건 거듭 물어본 것이 한편으론 실례였으리라는 생각이 들었다. 처음에 잠시 연락을 하는 것 같더니 이후로 연락을 하지 않는 듯해서 물어보니 그쪽에서 답변을 잘 안 한다고 했다.

어느 토요일 오후 집에서 그리 멀지않은 바닷가로 바람을 쐬러 갔다. 아들과 나란히 손을 잡고 해변 길을 산책하고 있을 때였다. 갑자기 그 생각이 나서 물어보았다.

"사랑하는 아들. 아들이 생각하기에는 인생에서 길이가 중요한 것 같아? 아님 깊이가 중요한 것 같아?"

"글쎄. 길이 같기도 하고 깊이 같기도 한데? 아빠는 뭐라고 생각해?"

"흠……. 글쎄. 정답은 없겠지만 아빠 생각에는 인생은 길이도 중요하지만 깊이가 더 중요하지 않을까 생각해. 아빠는 살아가면서 점점 더 깊이의 중요성에 대해서 느끼고 있어. 아빠가 인도에서 인생의 깊이에 대해서 생각한 계기가 있었는데, 바라나시 갠지스 강에서야. 하루에도 수십 구의 시체를 태우는 '버닝가트'라는 곳에서 말이지."

"헐! 그런 곳이 있어? 안 무서웠어?"

"응. 무섭다기보다는 삶과 죽음에 대해서, 그리고 인생의 길이와 깊이에 대해서 많은 생각을 하게 만든 곳인데, 이야기 한번 들어볼래?"

"응. 빨리 해줘. 겁나 재밌을 것 같아."

"람람사떼헤Ram Nam Satya Hai: 신은 진리이다, 람람사떼헤."

바라나시 강가Gaṅgā: 갠지스 강의 인도식 이름 근처 숙소에 머무를 때면 이런 주문과도 같은 소리가 이른 아침부터 골목 사이를 누빈다. 사람이 죽고 나면 가족이나 지인들 여럿이 시신을 울러 매고 강가의 버닝가트로 운반하면서 이렇게 외치는데, 새벽부터 들려오는 이 소리에 익숙해질 때쯤이면 어느 정도 바라나시에 적응되었다고 봐도 무방하다.

'버닝'은 '불탄다'는 뜻이고 '가트'는 '강기슭에 있는 계단'이라는 뜻이니, 버닝가트Burning ghat는 '강기슭에 있는 불타는 계단' 정도로 생각하면 되겠다. 하루에도 수십 구의 시체를 태우고, 다 타지 않은 시체는 강가에 던져버리는 이곳에서는 수많은 인파가 목욕을 하고, 심지어는 강가의 물을 마시기도 한다. 더러운 물로 그런 행동을 한다는 것이 쉽사리 이해가 되지 않지만 강가는 힌두교도들에게는 시바신의 머리카락을 타고 내려오는 성스러운 물줄기이자 어머니의 강이니 그럴 만도 하다.

　연간 백만 명 넘는 수행자들이 찾는 인도 바라나시의 강가. 바라나시를 여행하다 보면 '사두'를 참 많이 만난다. 사두Sadhu: 깨달음을 얻기 위해 고행의 생애를 보내는 요가 수행자들은 인도 전역全域에서 바라나시 강가로 모여드는데, 멀게는 2,000km가 넘는 거리를 걸어서 이동하는 경우도 있다. 그들은 기상천외한 방법으로 수행을 한다. 어떤 사두는 온몸에 재Ashes를 묻힌 채 나체로 물구나무 서 있는 것을 수행의 방법으로 삼는가 하면, 또 어떤 사두는 묵언수행을 하거나, 몇 년 동안 한쪽 팔만 올리고 있는 등의 수행을 하며 깨달음을 향해 나아간다. 우리로서는 조금 이해하기 힘든 행위들을 하며, 그것을 수행의 도구로 삼는다고 하니 신기할 따름이다.

인도 바라나시의 강가

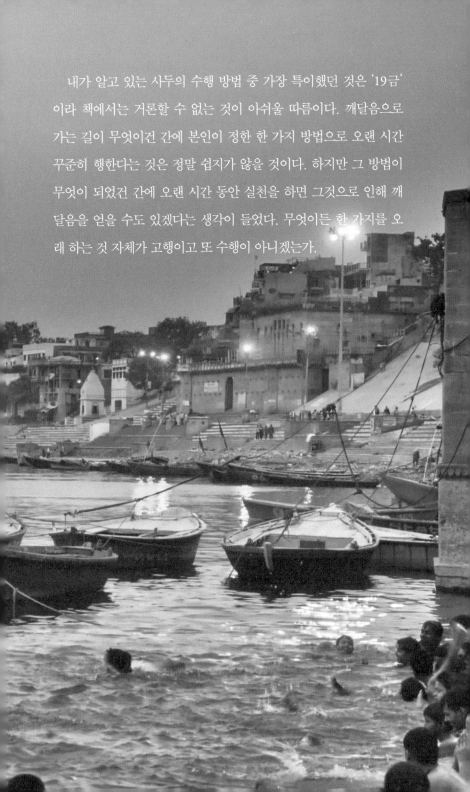

내가 알고 있는 사두의 수행 방법 중 가장 특이했던 것은 '19금'
이라 책에서는 거론할 수 없는 것이 아쉬울 따름이다. 깨달음으로
가는 길이 무엇이건 간에 본인이 정한 한 가지 방법으로 오랜 시간
꾸준히 행한다는 것은 정말 쉽지가 않을 것이다. 하지만 그 방법이
무엇이 되었건 간에 오랜 시간 동안 실천을 하면 그것으로 인해 깨
달음을 얻을 수도 있겠다는 생각이 들었다. 무엇이든 한 가지를 오
래 하는 것 자체가 고행이고 또 수행이 아니겠는가.

항상 아침에 일어나면 간단한 먹을거리를 사서 강가의 화장터로 향했다. 늘 그렇듯 그날도 이른 아침부터 차를 홀짝거리며 멍한 눈으로 시체가 타는 것을 바라보고 있었다. 그런데 저쪽에서 한 여성이 마치 나를 알고 있다는 듯 스스럼없이 다가와서 자연스럽게 내 곁에 앉았다. 같은 아시아인이어서 그랬을까? 당시에 중국 여성들은 혼자 인도를 다니는 경우가 별로 없었고, 일본 여성은 모르는 사람에게 이렇게 쉽게 다가오지 않으니 십중팔구 한국 여성이라 생각했다. 혼자만의 시간을 방해받고 싶지 않을 때면 국적을 밝히지 않는 경우가 있는데, 이날은 내 연기演技가 조금 부족했던지 같은 한국 사람이란 것이 이내 들통이 났다

이런저런 이야기가 오가던 중 그 여성이 나에게 나이를 물어보았다. 이상하게도 한국 사람은 유독 나이에 집착을 많이 한다. "왜 나이를 물어보냐"고 하니, "나보다 나이가 어리거나 같으면 말을 편하게 하려고"라는 답이 돌아왔다. 말을 놓으면 관계가 편해진다는 오만과 편견은 과연 어디에서부터 시작되었을까? 한국에서는 본인 편하자고 말을 놓는 사람들의 이기심으로 인해 상대적으로 나이가 적은 사람들이 피해를 입기도 하는 편이다.

"그래도 내가 나이를 좀 더 먹었잖아요.", "내가 한 살 많네? 언니라고 불러.", "너도 내 나이 되어 보면 알 거야." 같은 말은 평소에 우리가 많이 듣는 말이다. 나이는 마땅히 존중받아야 하고, 나이 많은 사람을 대우해야 하는 것은 맞다. 하지만 스스로가 먼저 내세우는 것은 꼴불견으로 비쳐질 수도 있다. 우리나라 사람의 안 좋은

습관 중 하나가 나이로 위아래를 따지는 것은 아닐까 한 번쯤 생각해볼 필요가 있다. 사람을 만나면 사람을 보지 않고 나이를 본다. 나이로 상하관계를 나누고, 나이 많은 사람은 자연스레 '꼰대' 짓을 한다. 본인보다 나이가 어린 사람에게 말뿐만 아니라 행동도 하대를 하며 훈수를 두는 경우가 많다. 일단 나보다 나이가 어리다 싶으면 낮춰 보는데, 이는 전형적인 꼰대 문화이자 고쳐야 할 문화가 아닐까. 개인의 성격이라고 하기에는 너무나도 사회에 만연해 있는 한국 사람들만의 특징이다. 외국 사람들을 만나도 나이를 따져가며 "내가 누나네. 누나라고 불러.", "내가 오빠네. 오빠라고 불러." 하는 모습을 심심찮게 볼 수 있다. 한국 문화를 잘 모르는 외국 사람의 입장에서는 어리둥절할 따름이다. 상대가 어떤 내공의 소유자인지 나 스스로는 알 수 없지 않은가? 어디 가서 나이 타령 하는 것은 "나는 나이 말고는 내세울 것이 없소"라는 말과 진배없다.

길고 긴 이야기를 마치고 나니 아들이 한마디했다.

"에고. 아빠, 나 꼰댄가 봐."

"하하하. 아냐, 앞으로 커가면서 나이에 그렇게 집착하지 않으면 되지, 뭐. 우리나라에 살면서 어려서부터 그런 문화가 자연스레 몸에 밴 걸 거야. 우리 앞으로 아메리칸 스타일로 살자."

"그래야겠어. 나이는 숫자에 불과하니까, 히히."

어린 나이에 세상 모진 풍파를 겪어 웬만한 중년들보다 인생의 경험을 많이 하고, 깨달음을 얻은 젊은이들을 많이 만났다. 그런가 하면 나이를 먹고도 세상물정 모르고 철없이 사는 사람들 역시 많이 만났다. 그들을 보면 인생은 결코 길이가 아니라 깊이가 중요하다는 생각이 종종 든다. 물론 나이를 먹은 길이에 비례해 깊이도 더해진다면 더할 나위가 없을 것이다. 하지만 유치하게 나이 한두 살 따지는 사람 중에는 그런 사람이 드문 편이다. 산전수전 공수전까지 다 겪은 젊은이의 눈에는 나이만 먹었지 세상물정 모르고 나이 타령만 하는 우물 안 개구리인 꼰대가 한심해 보인다. 나이 마흔이 되면 자기 얼굴에 책임을 져야 한다는 말이 있듯이 살아가며 외적인 나이에 어울리는 내공을 쌓아 가급적 길이와 깊이가 비례하는 삶을 살도록 노력해야 할 듯하다. 오늘 거울을 한번 유심히 봐야겠다.

놀며, 놓으며 살아가는 삶

2019년 여름, 폭염경보가 내린 가장 무더운 날씨에 사랑하는 아들과 단둘이 2박 3일간 배낭여행을 떠났다. 여수에 살고 있는 아내의 친구가 서울에 연수를 받으러 올라와서 2박 3일간 집에 머물게 되어 자리를 피해줄 겸 갑자기 떠나게 된 여행이었다. 아내와 아내의 친구는 나가지 않아도 된다고 말렸지만, 나는 굳이 이런 날 한번 떠나보고 싶었다. 아들과 함께 이런 무지막지한 더위를 즐겨보고 싶었기 때문이다. 이런 날 자가용으로 움직이면 편하겠지만 이번은 배낭여행으로 가기로 마음먹었기 때문에 대중교통을 이용해서 강원도까지 가기로 했다.

행정안전부에서 보내온 긴급재난문자를 보니 평균기온이 35도가 넘어가고, 최고기온이 41도 이상까지 올라간다고 했다. 우리나라같이 3면이 바다로 둘러싸여 습도가 높은 곳은 가만히 앉아만 있

폭염과 함께하는 짜릿한 여행이 시작되었다.

타는 듯한 목마름과 작렬하는 무더위를 느끼면서

시원한 물 한 잔의 행복을 만끽하기 위해.

평균을 넘어선 힘든 일을 경험해볼 때

뜻하지 않은 수확을 얻게 되는 경우가 있다.

길 위에서 길을 찾는 시간……

낯설지만 의미 있는 경험……

어도 땀이 줄줄 흐른다. 분명 여행을 떠나기에 적당한 날씨는 아니었다. 아니, 정확히 말하자면 정말 여행을 떠나면 안 되는 최악의 날씨였다. 그것도 초등학교를 졸업한 지 1년밖에 되지 않은 아이와 함께 걸어서 하는 여행은 더군다나 하면 안 되는 날이었다. 시원한 에어컨 바람에 몸을 맡기고, 수박이나 한 덩이 썰어 먹으며 평소 즐겨 듣는 음악을 틀어놓고 미뤄뒀던 책을 읽으며, 유유자적 시간을 즐겨야만 하는 날씨임이 분명했다. 하지만 사랑하는 아들과 함께 한여름의 뜨거운 무더위를 고스란히 느끼고 싶었다.

결국 이 무식한 여행은 시작되고야 말았다. 미칠 듯한 무더위와 목이 타는 갈증 후에 찾아오는 '시원한 물 한 잔의 행복', 그 보상을 느끼고 싶어서였다. 어설픈 무더위로는 안 된다. 찌는 듯한 절대 무더위를 겪은 뒤에야 맛볼 수 있는 즐거움, 이 정도는 되는 날씨라야 가능했다. 젊어 고생은 사서 한다는 말이 있다. 굳이 고생을 하지 않아도 아무도 뭐라 하지 않는다. 하지만 '젊어서 사서 하는 고생'은 결국 내 삶에 약이 되어 돌아온다. 또한 '사서 하는 고생'은 대부분 즐거움이 뒤따른다. 후회되는 과거를 나쁜 결과의 원인으로 만들지 않고, 좋은 결과의 과정으로 만들기 위해 준비한 여행은 그렇게 폭염경보와 함께하는 짜릿함과 즐거움으로 시작되었다.

집 근처 터미널에서 출발해 버스와 지하철과 시외버스를 번갈아 타고 아들과 나는 강원도에 도착했다. 마침 휴가철이라 지하철도 버스도 휴가를 즐기려는 피서객들로 인산인해였을 법한데, 폭염이 기승을 부린 탓인지 생각만큼 사람들이 붐비지 않았다. 강원도에 도착해 정류장 근처 식당에서 간단히 식사를 하고, 1시간 남짓 버스를 기다리며 길가 원두막에 앉아 휴대용 선풍기를 손에 들고 책을 읽었다. 곁에서 버스를 기다리는 어르신이 아들과 아빠가 함께 배낭을 메고 여행을 하며 책을 읽는 모습이 신기해 보이셨던지 계속 쳐다보며 말을 건넸다. 아이는 극성스레 달려드는 모기 때문에 짜증이 나는지 연신 손을 휘저었다. 한여름의 강원도는 온통 초록빛이었다. 다른 곳도 마찬가지겠지만 특히 8월의 강원도는 유난히 초록으로 깊이 물들어 있었다. 눈앞에 마주한 짙푸른 나무와 산을 바라보고 있노라니 마치 그 안으로 빨려들어갈 것만 같았다. 마지막 이동수단인 버스를 타고 목적지로 향하는 아들과 나는 아무 말 없이 차창 밖으로 스쳐 지나가는 청청한 풍경을 감상했다.

집을 떠나온 지 5시간이 조금 안 되어 이윽고 목적지가 있는 동네에 도착했다. 마지막으로 내린 버스정류장에서 숙소까지 아들과 나는 배낭을 하나씩 메고 사이좋게 길을 걸었다. 폭염경보라는 말에 걸맞게 주위를 둘러싸고 있는 뜨거운 공기가 폐 깊숙이까지 들어왔다. 항상 길을 걸을 때는 나란히 걷거나 아들을 조금 앞세우고 걸으며, 아들의 걸음걸이에 맞춰 페이스를 조절한다. 아이들과 함께 걸을 때는 한 발짝 앞서가는 것보다 동기부여를 해주며 뒤에서 격려해주는 것이 더 중요하다. 조금 힘들어하는 기색이 보이면 이내 아들의 어깨가 들썩이고 발걸음이 흐트러진다. 그럴 때면 조금 쉬어 가거나 짐을 들어주는 편이 낫다.

결승점이 얼마 남지 않았는데, 아들이 점점 힘들어했다. 땀으로 범벅이 된 어깨에 걸쳐 있는 배낭도 천근만근일 테고, 무엇보다 찌는 듯한 무더위에 몹시 지쳐 보였다.

"아빠, 무거운데 어디까지 가야 돼?"

아들의 물음에 나는 대답하지 않았다. 그냥 살짝 웃어준 뒤 조용히 노래를 불렀다.

"노세 노세 젊어서 놀아. 늙어지며는 못 노나니. 화무는 십일홍이요 달도 차면 기우나니라. 얼씨구 절씨구 차차차(차차차) 지화자 좋구나 차차차(차차차). 화란춘성 만화방창 아니 노지는 못하리라 차차차(차차차) 차차차."

묻는 말에 대답은 하지 않고 이상한 노래를 부르고 있으니, 아들은 나를 쳐다보며 어이가 없다는 표정을 지었다.

"아들, 무거우면 '놓으면' 되지. 이리 줘."

그 말이 떨어지기가 무섭게 아들의 가방은 바로 나에게 건너왔다. 아들은 이내 신이 나서 가벼운 발걸음으로 걸어갔다. 아직 갈 길은 남아 있었고, 그냥 걸어가긴 지루하니까 아들에게 이야기를 들려주었다. 왜 우리가 젊어서 '노세 노세'를 해야 하는지 그 이유에 대해서 말이다.

인생사 공수래공수거空手來空手去라고 했다. 김국환 가수의 〈타타타〉라는 노래에도 나오지 않나. '산다는 건 좋은 거지 수지맞는 장사잖소 알몸으로 태어나서 옷 한 벌은 건졌잖소'와 같은 가사에 그런 의미가 담겨 있다. 사람 욕심이 끝이 없다고들 하는데, 적당한 선에서 욕심의 끈을 끊어버려야 한다. 적당히 소유를 했으면 적당히 베풀 줄도 알고 살아야 한다. 오히려 부자들은 베푸는 데 인색하고, 서민들이 베푸는 것에 더 관대하다고 하지 않는가. 그래서 우리는 젊어서부터 '노세 노세'가 필요한 것이다.

조금 천천히 노래를 불러보면 실컷 놀라는 뜻의 '노세play: 놀다 노세'가 아니라 '놓으세put: 놓다 놓으세'로 발음되는 것을 알 수 있다. 그렇다. 젊어서부터 놀기만 하면 딱 거지가 되기 십상이다. 젊어서는 열심히 일을 해야 한다. 다만 제대로 놀play 줄도 알아야 하고, 여행도 많이 하고, 공부도 열심히 해야 한다. 꿈을 가지지 말라는 것이 아니라 소유에 대한 집착과 욕심을 내려놓으라는 말이다. 결국 모든 화火는 욕심에서 비롯되니 말이다. 이제 다시 노래를 불러보면 앞으로는 이렇게 들릴 것이다. '놓으세 놓으세 젊어서 놓아. 늙어지면(나이가 들수록 가진 것이 많아지고 욕심이 많아져서 놓기가 더 힘들어) 못 놓나니'.

이야기를 마친 뒤 아들을 보니 땀을 뻘뻘 흘리면서도 무척이나 흥미진진하게 듣고 있었다. 아들이 씨익 웃으며 나에게 한마디 건넸다.

"그래서 내가 아빠한테 놓았잖아. 내 가방. 난 어려서부터 집착과 욕심을 안 가지고 지금처럼 놓을 거야."

"하하, 맞다. 누구 아들인지 훌륭하다!"

무더위를 식히기 위해 시원한 강물에 몸을 담그고 한참 동안 낚시를 했다. 낚시를 마치고 숙소로 돌아와 찬물로 샤워를 하고 맛있는 음식을 요리해서 저녁을 먹었다. 조용한 클래식 음악을 틀어놓고 부른 배를 두드리며 책을 읽었다. 팬티 바람으로 에어컨 아래 큰대자로 누워 둘이서 두런두런 이야기도 나눴다. 그렇게 미치도록 더웠던 오늘 하루가 지나가고 있었다. 잠자리에 들기 전 아들이 말했다.

"아빠. 나 오늘 사람이 정말 쪄 죽을 수도 있구나, 하는 것을 리얼하게 느꼈어. 아까 뜨거운 공기가 배 속으로 들어오는데, 목욕탕 한증막에 있는 것 같았어."

"그래? 혹시 또 다른 건?"

"물의 소중함, 전기의 소중함, 정말 물 한 방울이 이렇게 소중하구나 하는 거. 아까 한 모금 남은 물을 마시는데, 얼마나 갈증이 해소되던지. 와아! 아빠, 진짜 사람이 집을 나와 봐야지 집이 귀한 줄 알아. 사람은 역시 사서 고생을 해봐야 돼. 그래서 말인데, 나 이런 데 살라고 하면 절대 못 살 것 같아. 우리 집에는 언제 가?"

"하하하. 안 가! 여기 살 거야. 잘 자~."

가끔 아이와 함께 평균을 넘어선 힘든 일을 경험해볼 때 뜻하지 않은 수확을 얻게 되는 경우가 있다. 오늘 아들과 내가 느낀, 사소할 수도 있지만 사실은 우리 삶에 있어 소중한 문명의 혜택이나 놓음의 미덕 그런 것 말이다. 앞으로 살아가며 무엇을 좀 더 놓아야 할지 한 번 더 생각해보아야겠다.

14

아빠,
나 드디어 미쳤어

"질문하는 사람은 5분 동안 바보가 되지만 질문하지 않는 사람은 영원히 바보로 남게 된다"라는 중국 속담이 있다. 부끄러워서, 또는 모르는 것을 숨기려고, 질문을 하지 않는 것보다는 질문을 통해 '내 것'으로 만드는 것이 현명한 방법이다.

아이들은 호기심 덩어리다. 우리 아이들도 예외가 아니다. 어릴 적부터 질문이 많은 아이들을 위해 끊임없이 공부를 해야만 했다. 처음에는 알고 있는 범위 내에서만 대답을 해주었지만 아이들의 질 문이 다양해지면서 대화의 범위를 넓혀가야 할 필요성을 느꼈기 때 문에 꾸준한 공부는 필수불가결한 것이 되었다. 시간이 지나며 단순히 질문에 대답만 해주기 위한 공부라기보다는 함께 답을 찾아나가 며 과정을 즐기는 공부가 되었다. 마치 아이들을 위한 공부가 아니라 나를 위한, 아니, 우리 모두를 위한 공부를 하는 듯했다.

어느덧 내가 알고 있는 지식은 낡은 것이 되었다. 하루가 멀다 하고 새로운 것들이 쏟아져 나오니, 아이들의 눈높이에서 대화하려면 공부를 하지 않고는 배길 수가 없었다. 예전에는 아이들이 책이나 TV를 통해서 세상을 배우고 정보를 얻었지만 요즘은 유튜브를 통해서 세상을 배운다고 한다. 환갑이 넘은 절친한 지인 또한 요즘 유튜브에 빠져 있는데, 세상에 이런 별천지가 있는지 정말 몰랐다며 신기해한다. 언젠가부터 우리 아이들이 유튜브를 통해 정보를 얻는 것을 보며 격세지감을 느꼈고, 나 역시 공부하고 변하지 않으면 소통하기가 힘들 듯하여 아이들의 세상에서 함께 유영하게 되었다. 모든 것이 양면성을 가지듯 좋은 점도 있지만 채 여과되지 않은 정보들 중 유해한 것들 또한 있게 마련인데, 언어도 그중 하나다.

아들이 열 살쯤 됐을 무렵 함께 수목원에서 산책을 하고 있을 때였다. 신록이 우거질 계절이라 모기랑 날벌레가 많이 있었고, 아들은 벌레들을 피해 이리 뛰고 저리 뛰며 수목원을 헤집고 다녔다.

"아빠, 벌레 때문에 미치겠어. 벌레가 너무 많아. 아! 미치겠네."

아이들이 자라는 것을 보면, 어느 특정 시기에 유난히 많이 쓰는 단어가 있다. 아들은 그 즈음에는 이야기를 나눌 때 '미치겠다'라는 말을 유독 많이 사용했다. "배고파서 미치겠다", "잠이 와서 미치겠다", "공부 때문에 미치겠다", "더워서 미치겠다", "웃겨서 미치겠다"라는 말을 늘 입에 달고 살았다. 하루는 내가 이렇게 말했다.

"사랑하는 아들. 사람이 미치면Reach 그때 비로소 안 미치게Crazy

어릴 적부터 질문이 많은 아이들을 위해 끊임없이 공부를 해야만 했다.

처음에는 알고 있는 범위 내에서만 대답을 해주었지만

아이들의 질문이 다양해지면서

대화의 범위를 넓혀가야 할 필요성을 느꼈기 때문에

꾸준한 공부는 필수불가결한 것이 되었다.

시간이 지나며 단순히 질문에 대답만 해주기 위한 공부라기보다는

함께 답을 찾아나가며 과정을 즐기는 공부가 되었다.

마치 아이들을 위한 공부가 아니라 나를 위한……

아니, 우리 모두를 위한 공부를 하는 듯했다.

돼. 그러니까 미치지Crazy 말고 미쳐Reach보면 어떨까?"

아들은 어리둥절한 표정으로 나를 말똥말똥 쳐다보기만 했다. 이해하기 힘들어하는 아들과 '미치다'에 관한 이야기를 나누었다. 평소 언어유희를 즐기는 부자지간이라 그런지 살짝만 힌트를 주면 무슨 뜻인지 금세 이해를 한다.

외국 영화나 드라마를 보면 배우들이 언어유희를 종종 한다. "The unknown will help you."라는 말에서 'The unknown'은 사람도 될 수 있고 사물도 될 수 있다. 사람이면 '복수'의 형태가 되어 '사람들'이라고 해석이 된다. 사물이면 '단수' 취급을 하는데, 이 문장과 같이 'will'이 붙으면 'The unknown'이 '사람들'인지 '사물'인지 알 수가 없다. 따라서 같은 문장임에도 "알려지지 않은 사람들이 널 도울 거야('가만히 기다려도 돼!'라는 의미가 내포될 수도 있다)"라는 뜻과 "알려지지 않는 것이 너에게 도움이 될 거야('알려지지 않도록 노력해봐'라는 의미가 내포되어 있을 수 있다)"라는 두 가지 뜻으로 해석될 수 있다.

마찬가지로 우리나라 말 역시 같은 단어를 다른 의미로 해석할 수 있는 동음이의어가 많아 언어유희를 하기에 적합한 경우가 많다. '미친다'는 단어 역시 마찬가지다. 보통 미쳤다라고 하면 '정신이 나갔다Crazy'고 해석하는 경우가 많은데, 또 다른 뜻으로는 '공간적 거리나 수준이 일정한 선에 닿는 것Reach'을 뜻한다. 우리가 흔히 쓰는 "미치겠다Crazy"라는 말 대신에 의미를 바꿔 미치지Crazy 않고 미칠 Reach 수만 있다면 그것이 더 현명하게 세상을 살아갈 수 있는 방법일 것이다.

일본의 간판 피겨 스타 아사다 마오 선수도 늘 우리나라의 김연아 선수에게 밀려 2위 신세를 면치 못하고 있을 때 "아! 김연아의 점수에만 미칠 수 있다면……" 하고 수도 없이 되뇌었을 것이다. 이때 아사다마오 선수는 그야말로 미칠 지경이었을지도 모른다.

사람이건 물건이건 제대로 된 곳에서 제대로 쓰일 때 비로소 존재가치가 있다. 회사에서 '나'의 역할과 가정에서 '나'의 역할이 정확히 있을 때 비로소 스스로 존재가치를 느끼고 자존감을 가지게 된다. 그런데 자신이 하려고 하는 일을 상대가 해버리고, 자신이 평소에 해왔던 고유 영역을 점점 침범해버리면 상실감이 밀려오는 동시에 존재 이유와 가치관이 흔들리게 되어 미칠 지경이 된다.

사회생활을 함에 있어서의 역할도 그렇지만 우리가 평소 사용하는 언어 역시 마찬가지다. 단어가 가진 여러 가지 의미가 있다. 대화를 할 때 센스 있는 단어를 선택하여 제대로 사용하는 것이 바로 말의 기술이다. 또한 같은 단어라도 다른 의미를 부여해서 말을 한다면 대화의 재미를 더할 수 있다. 가끔씩 유머감각을 발휘해보자. 동일한 단어이지만 언어유희를 통해 의미를 살짝 바꾸어보자. 그럴 수만 있다면 그 단어가 가진 가치를 십분 발휘하는 것이 되지 않겠는가. 단어에 생명을 불어넣는 것이다.

"사랑하는 아들아. 조금 어렵지? 무슨 뜻인지 이해했는지 모르겠네."

"참 나. 아빠, 내가 누구야? 나 아빠 말 듣고 드디어 미쳤어Reach. 이제 미쳤다는 말은 그만하고 미치Reach도록 노력해볼 테니까 걱정하지 마. 난 드디어 미쳤다Reach. 하하하하!"

이날 우리는 고삐 풀린 망아지마냥 신나게 웃으며 수목원을 뛰어다녔다. 주위 사람들은 우리를 미친Crazy 사람 보듯 바라보았고 우리는 그들의 시선을 즐기며 더 즐겁게 미쳐갔다.

각박한 현대사회를 살아가며 정서적인 문제로 인해 미쳐Crazy가는 사람들이 많아 신경정신과가 문전성시를 이룬다고 한다. 미칠 것만 같을 때 여유를 가지고 사색을 통해 어딘가에 한번 미쳐Reach보도록 하면 어떨까. 한 번뿐인 인생 미치는 것보다는 무언가를 통달하는 게 더 낫지 않을까. 오늘도 미치기 위해 조금 더 노력해야겠다.

15

미스터 파르크^{Park}를 위해 뱀을 준비했어!

아들이 중학교 2학년 때였다. 둘이서 한적한 시골길을 걷고 있었다. 뱀이 길 한복판으로 지나가다 차에 깔렸는지 짜부라져서 길바닥에 말라붙어 있었다. 아들은 깜짝 놀라서 펄쩍 뛰었고 말라죽은 뱀을 보고 무서웠던지 뱀을 피해 빙 돌아서 갔다.

"아빠, 저기 길바닥에 혹시 뱀이야?"

"응, 뱀 맞네. 차에 깔려서 말라죽었네."

"우씨, 깜짝이야. 징그러워. 돌아서 갈래."

"사랑하는 아들아. 살아 있는 뱀이 무섭지, 죽은 뱀이 뭐가 무서워?"

"아니야. 죽어 있어도 무서워. 뱀은 그냥 징그러워서 싫어."

"에이, 겁쟁이. 누가 아빠 아들 아니랄까 봐 아빠랑 똑같네. 아빠도 뱀은 되게 싫어하는데. 근데 예전에 누가 아빠한테 뱀을 잡아서 선물한 적이 있어."

"거짓말! 누가 뱀을 잡아서 선물해? 거짓말이지?"

"하하. 그럼 거짓말인지 아닌지 일단 한번 이야기 해줄게. 들어볼래?"

한낮 최고 온도가 50도를 넘어가던 시기에 남인도의 마하발리푸람이라는 곳에서 머물 때였다. 보통 한여름날이면 무더위를 피해 여행자들이 북인도로 올라가기 마련인데, 인도의 열기를 고스란히 느끼고 싶었던 나는 계속해서 남쪽으로 내려갔다. 너무나도 무더운 시기였던 탓에 남인도를 여행하는 여행자들은 눈을 씻고 봐도 찾아볼 수 없었고, 내가 머물렀던 숙소 역시 손님이라고는 나 혼자밖에 없었다. 어림잡아도 300명 이상은 묵을 수 있는 넓은 숙소였고, 룸 하나에 침대만 50개 정도 있는 도미토리에 나 혼자서 며칠을 머물렀다. 숙소의 직원이 10명 정도 되었는데 손님이라고는 나 혼자였으니 직원들과 자연스레 친해질 수밖에 없었다.

반바지 하나만 입고 선풍기를 틀어놓고 침대에 누워 책을 읽으며 시간을 보내는 것이 가장 좋은 피서 방법이었다. 인도의 뜨거운 열기를 제대로 느낄 수 있는 나날들이었다. 그날도 연일 계속되는 무더위에 지쳐 움직일 힘도 없어 낮잠을 자고 있었다. 저 멀리서부터 우당탕탕 소리가 들리더니 숙소의 스텝이 불이라도 난 것처럼 호들갑을 떨며 뛰어와서 나를 깨웠다.

"헤이, 미스터 파르크Mr.Park., 미스터 파르크."

하도 호들갑을 떨며 달려와서 무슨 일이냐고 물어보니 빨리 나와 보라며 내 손을 잡아끌었다.

"미스터 파르크 주려고 뱀을 잡았어."

이 무슨 황당한 소리인가. 그런데 가만히 생각을 해보니 며칠 전이 친구들이 나에게 물어본 것이 기억났다. 그날 저녁에 숙소 바Bar 에서 맥주를 한잔하며 이런저런 이야기들을 하던 도중 어딘가에서 들었는지 나에게 음식에 관한 질문을 했다.

"미스터 파르크, 한국 사람들은 개도 먹는다며?"

"응. 우린 개도 먹고 뱀도 먹어. 한국 사람이 다 그런 건 아니지만 그런 사람들도 있지."

"헐! 그럼 너도 뱀 먹어봤어?"

"그럼. 당연히 먹어봤지. 아마 백 마리는 넘게 먹어봤을걸. 군대 있을 때 해안가 절벽으로 가서 수풀을 스윽 뒤지면 뱀들이 막 나오는데, 엄청 잡아서 구워먹었지."

대학 시절 해병대를 나온 선배가 백령도에서 군대 생활을 할 때 겪은 일을 나에게 이야기해 준 것이 생각나서 허풍을 좀 떨었다. 반신반의하며 내 말을 듣던 이 친구들은 뱀을 어떻게 먹는지에 대해서 너무도 자세히 설명하는 내 말을 듣고 난리가 났다. "미스터 파르크는 뱀도 먹어봤다"며 동네방네 소문까지 내고 다녔다.

그 말을 기억하고 있었던 이 숙소의 주방장이 나를 주려고 뱀을 잡았다는 것이었다. 그 친구를 따라가 보니 족히 2m는 되어 보이는

인도에서.
뱀을 백 마리는 먹었다는 말을 믿은 인도 사람들은
나를 위해 뱀을 잡아 주었다.
나의 허풍을 믿어준 그 친구들은 지금 어떤 모습으로 살고 있을까?

구렁이가 죽어 있었고, 주방장이 흐뭇한 웃음을 지으며 나를 바라보았다. 뱀을 먹어본 적도 없거니와 뱀 자체를 싫어하는 나는 깜짝 놀라서 말했다.

"먹어도 되는 뱀이 있고 먹으면 죽는 뱀이 있는데, 내가 보니까 이 뱀은 독이 있는 뱀이라서 먹으면 죽는다. 빨리 땅에 묻어라."

다행히 내 말을 믿은 주방장은 아쉬운 눈빛으로 땅을 파더니 뱀을 구덩이에 묻었다.

인도에서.
이 친구들은 지금 어떤 모습으로 살고 있을지 궁금하다.
언젠가 다시 그들과 만나
그때의 추억을 이야기할 수 있는 날이 올까?

여행은 항상 생각지도 못한 일들이 수시로 일어나지만
무엇보다 많은 사람들과 만나고
그들을 알아나가는 과정이 가장 흥미롭다.

이런 황당한 사건을 한국에 와서 이야기해봤자 누가 믿어주겠는가 싶어서 사진기를 가지고 올 테니 빨리 다시 꺼내라고 했다. 그러고는 얼른 숙소로 뛰어가 사진기를 가지고 와서 숙소 직원들을 다 불러 모아 단체사진으로 증거를 남겼다.

그날 저녁 바bar에서 맥주를 한잔하며 낮에 있었던 사건에 대한 자세한 이야기를 들었다. 사연인즉슨 주방장이 주방에서 요리를 하고 있는데 큰 뱀이 주방으로 기어들어와 깜짝 놀라서 막대기로 때려잡았다고 했다. 그리고 내 생각이 나서 급히 나를 부르러 온 것이었다. 나에게 대접하기 위해 일부러 수풀을 뒤져 뱀을 잡아온 것은 아니었지만 사연이야 어쨌건 나에 대한 호의라고 생각했다. 나는 고맙다는 인사를 전했다. 그리고 이실직고했다.

"사실 나는 뱀을 먹어본 적도 없고, 뱀을 엄청나게 무서워하는 사람이야."

그러자 나를 엄청 대단한 존재로 생각했던 그 친구들이 박장대소를 했다. 미스터 파크의 뱀 에피소드는 그렇게 훈훈하게 마무리되었다. 나를 난처하게 만든 황당한 사건이었지만 바꾸어 생각하면 나를 위한 배려였다. 그 배려 덕분에 나는 인생에서 잊지 못할 에피소드를 하나 건졌다. 혹시 그들은 다 알면서도 나를 골탕 먹일 심산으로 일부러 그랬던 것일까? 아니면 정말 순수하게 나를 배려해서 그랬던 것일까? 아직도 궁금한데, 다시 한 번 만날 기회가 온다면 꼭 물어보고 싶다.

이 이야기를 들려주자 아들은 못 믿겠다고 했다. 집으로 돌아와 사진을 보여주니 그제야 나의 다소 황당한 에피소드를 믿게 되었다.

"아빠, 여행하다 보니까 정말 별의별 일이 다 생기네?"

"생각지도 못한 일들이 수시로 일어나는 것이 여행의 묘미지. 여행 속에서 일어나는 그런 경험을 통해 사람은 삶의 재미와 의미를 찾아나가며 조금씩 성숙해지는 게 아닐까? 그것들이 모여서 고스란히 내공이 되니, 그걸 아는 사람들은 여행을 더 자주 다니는 선순환의 연속이 일어나게 되겠지."

"그렇지. 여행은 그런 것이지, 맞아."

"어쭈! 이젠 뭐 좀 아는 것 같다? 하하하."

가끔 그 친구들이 생각난다. 인도에는 매년 4만 명이 넘는 사람들이 뱀에 물려 죽는다고 하니 그 수가 실로 어마어마하다. 내가 그때 머물던 숙소에서 청소 일을 하던 아주머니도 남편이 뱀에게 물려 죽었다고 했다. 이십 년이 지난 지금도 그 아주머니의 환한 미소와 가족 같았던 그 친구들의 모습이 눈에 선하다. 그 친구들은 지금 어떤 모습으로 살고 있을지 궁금하다. 언젠가 다시 그들과 만나 그때의 추억을 이야기할 수 있는 날이 올까?

남인도에서 겪은 이 일화를 소개할 때마다 생각나는 이야기가 있다. '소와 사자의 사랑'이라는, 박해조 작가의《제목없는 책》에 나오는 한 대목이다. 소와 사자는 너무 사랑한 나머지 결혼을 했고 둘은 서로에게 최선을 다하기로 했다. 소는 사자를 위해 매일 신선한 풀을 갖다 주었고, 사자는 소를 위해 매일 사냥을 해서 신선한 고기를 대접했다고 한다. 처음에는 서로의 호의를 무시할 수가 없어 참고 먹었지만 시간이 지날수록 나를 배려해주지 않는다는 생각에 서로에 대한 불만은 깊어갔고, 결국 헤어지며 서로에게 한마디를 남겼다.

"나는 너를 위해 최선을 다했어."

상대를 배려하지 않은 자기 위주의 최선이 어떤 결과를 가져오는지를 잘 보여주는 이야기이다. 갈수록 이기주의와 개인주의가 팽배해져만 가는 세상에서 배려의 미학에 대해 곰곰이 생각하게 만들어준다. 지나친 배려는 실례라고 한다. 나의 배려가 오히려 상대에게는 독이 되지 않는지 깊이 생각해볼 일이다.

Chapter 3

자유로운 영혼들의

특별한 여행

1b

자유로운 영혼을 위하여

인간 영혼의 무게가 21g이라는 가설이 있다. 죽음의 순간에 인간의 체중을 측정했는데, 이때 21g정도가 가벼워지는 것을 발견했다고 한다. 학계에서 인정받지는 못했지만 누구나 궁금해할 만한 인간 영혼의 무게를 측정했다는 것만으로도 흥미롭다. 21g 무게의 영혼으로 가지 못할 곳이 어디 있겠는가.

예전부터 농담 반 진담 반을 섞어 습관처럼 하는 말이 있다.

"난 자유로운 영혼이야."

사실 세상에 자유롭고 싶지 않은 영혼이 어디 있을까 싶다. 많은 이들이 지금 '나'를 구속하고 있는 모든 것들로부터 벗어나 마치 한 마리 새처럼 훨훨 자유롭게 날아서 어디론가 떠나고 싶은 욕구를 가슴속에 품고 오늘도 살아가고 있을 것이다. 이런 말을 자주 해왔던 탓인지 아들도 가끔 이 말을 따라하곤 한다.

부산은 내가 태어나 30년 가까이 살았던 정든 고향이다. 부모님이 부산에 살고 있어서 가끔 부산으로 여행을 간다. 부모님은 오랜만에 보는 손자를 과하다 싶을 정도로 지극정성 대접한다. 하긴 하나밖에 없는 손자와 함께하는 시간에 과할 것이 뭐가 있겠나 싶기도 하다. 타 지역 사람들은 바다를 보러 일부러 부산 여행도 가는데 부산에 간 김에 바다 구경이 빠질 수야 없다.

넓은 바다를 보며 무슨 생각이 들었는지 아들이 뜬금없이 이런 말을 내뱉었다.

"아빠, 난 자유로운 영혼이야."

"하하, 그래? 누굴 닮았니? 우리는 모두 구속받지 않을 자유가 있잖아. 모두가 자유로운 영혼이지."

"아니. 난 좀 더 자유로운 영혼이야."

"푸하하. 그래, 너 자유로운 영혼해라. 완전 자유로운 영혼."

무슨 말인지 알고서 하는 소리인지 초등학생인 아들은 귀엽게도 계속 본인이 '자유로운 영혼'이라고 외치고 다녔다. 나는, 아들이 나보다 더 자유롭게 살았으면 하는 바람에 그 말을 차마 부인하지 못하고 맞장구를 쳐주었다.

정처 없이 떠돌아다니던 여행자로서의 삶은 나를 누구보다 자유로운 영혼으로 만들었다. 주위에서도 나에게 자유로운 영혼이라 말했고, 스스로도 부인하지 않았다. 자고 싶으면 자고, 머물고 싶으면 머물고, 떠나고 싶으면 언제 어디로라도 떠날 수 있는 여행자로서의 삶은 나를 자연스럽게 자유로운 영혼으로 만들어주었다. 하지만 한

홀로 행하고 게으르지 말며
비난과 칭찬에도 흔들리지 말라.
소리에 놀라지 않는 사자처럼
그물에 걸리지 않는 바람처럼
진흙에 더럽히지 않는 연꽃처럼
무소의 뿔처럼 혼자서 가라.
자유롭게…….

- 《숫타니파타》

국으로 돌아온 후 내 삶은 바뀌었다. 자유로운 영혼으로 살아가기에는 해야 할 일들이 많았다. 그 일들이 나를 내버려두지 않아 구속받는 삶을 살 수밖에 없었다. 그래도 육신의 자유는 차치하고서라도 영혼의 자유만큼은 누리며 살고 싶었다.

2000년 한겨울. 네팔에서 만난 한 사람이 있다. 한국 사람이지만 마치 현지인처럼 그곳에서 함께 어울려 살고 있었던 그녀는 스무 살 방황의 길에서 가족을 떠나 홀로 여행을 시작했다. 수많은 골목과 위대한 자연과 따뜻한 사람들을 통해 스스로를 어루만지며 삶을 배웠다. 서울에서 태어나 서울에서 자랐지만 스무 살 이후의 여행을 통해 그녀는 스스로가 자유로운 영혼임을 깨달았다. 지금도 가족들에게 자유로운 영혼으로 불리는 그녀는 여행에서 만난 배우자와 세 명의 아이들과 함께 부산에서 자유로운 영혼으로 살아가고 있다.

어린아이는 자궁이라는 껍질을 벗어나 세상에 나오고, 알에서 태어나는 모든 동물들도 껍질을 깨고 나온다. 모체가 산고의 고통을 겪는다고 하지만 껍질을 깨고 나오는 세상의 모든 어린 생명들도 산고의 고통 못지않은 고통을 겪고 세상에 태어난다. 현명한 사람이라면 태어난 것에서 그치지 말고 한 번 더 태어나야 한다.

가수 하덕규의 노래 〈자유〉의 한 구절을 되새긴다. "껍질이 난지 내가 껍질인지도 모르고 껍질 속에서 살고 있었던 내 어린 영혼"에 자유를 주기 위해서는 껍질을 깨고 나와야 한다. 그 껍질이 지금 '나'의 일상일지도 모르고 미처 '내'가 깨닫지 못하고 사는 '내' 삶에 깊숙이 자리 잡은 고정관념일 수도 있다. 그것을 깨고 나오면 자유로운 영혼에 한 걸음 더 다가설 수 있지 않을까.

"사랑하는 아들. 자유로운 영혼으로 살기 위해서는 어떻게 살아야 할까?"

"흠……. 글쎄. 그냥 자유롭게 살면 되지."

"과연 세상이 우리를 자유롭게 살게 놔둘까? 자유롭고 싶지 않은 사람이 어디 있겠어? 어떻게 하면 자유롭게 살 수 있을지 곰곰이 한번 생각을 해봐야 할 듯한데, 혹시 솔개 이야기 아니?"

"개? 무슨 개?"

"하하. 솔개라는 새가 있는데, 솔개는 힘든 과정을 겪고 다시 태어나 자유롭게 날아다니며 새로운 인생을 살아간대. 삶의 자유를 누리려면 말로만 되는 게 아니라 많은 생각과 실천이 뒤따라야 하니까, 우리 그렇게 한번 살아보도록 하자."

솔개는 가장 장수하는 조류로 알려져 있는데 평균 70년을 산다고 한다. 사실 솔개는 원래 40년밖에 살지 못하는 새이다. 하지만 태어난 지 40년쯤 지나서 발톱이 노화하고, 깃털과 부리가 길게 자라 사냥을 할 수 없는 솔개는 이 시기에 중요한 선택을 한다. 이 시점에서 서서히 죽어갈 것인지, 아니면 반년에 걸친 고통을 동반한 새로운 과정을 거쳐서 변화를 가져올 것인지. 만일 그때 솔개가 변화라는 도전을 선택한다면 반년에 가까운 시간 동안 생사를 건 인고의 시간을 보낸다. 높은 바위에 올라간 후 바위에 부리를 쪼아서 자신의 무딘 부리를 깨뜨린다. 그다음 새로이 자란 부리로 자신의 발톱과 무거운 깃털을 다 뽑아서 재탄생한다. 새로 돋은 부리와 새로운 발톱과 깃털을 가지게 된 솔개는 완전히 새로운 모습으로 다시 태어나 그 후 30년을 더 산다고 하니, 솔개의 삶 속에서 얻을 수 있는 인생의 교훈이 크다.

작은 마음은 특별한 것에 관심을 두지만 큰마음은 일상적인 것에 관심을 둔다. 큰마음으로 자신의 일상에 깊은 관심을 두고, 지금 '나'를 감싸고 있는 껍질을 깨고 나와 한 번 더 태어날 수 있도록 하자. 남은 인생을 영혼의 자유를 누리며 살기 위해 지금 어떤 선택을 해야 할 것인지 깊이 생각해 보자.

《숫타니파타》에 나오는 한 구절을 인용한다.

홀로 행하고 게으르지 말며
비난과 칭찬에도 흔들리지 말라.
소리에 놀라지 않는 사자처럼
그물에 걸리지 않는 바람처럼
진흙에 더럽히지 않는 연꽃처럼
무소의 뿔처럼 혼자서 가라.
자유롭게……

17

인생도 여행도
휴식이 필요하다

아들과 여행을 가면 내가 어린 시절에 하고 놀았던 놀이들을 알려주며 함께 시간을 보낸다. 비석치기, 땅따먹기, 구슬치기, 오징어 달구지 등 지방마다 놀이를 부르는 말은 다르겠지만, 하는 방식은 대동소이할 것이다. 어렴풋이 기억나는 어린 시절의 놀이 방법들을 기억 속에서 꺼내어 본다. 그럴 때면 내 유년 시절의 추억에 빠져들어 아들보다 내가 더 즐거운 시간을 보내는 듯하다.

봄볕에 며느리 내보내고 가을볕에는 딸 내보낸다는 속담이 있다. 그만큼 봄볕은 일사량이 많고 자외선 지수가 높아 따갑기 때문에 피부건강에 좋지 않아서이다. 그 따가운 봄볕 아래서 시간 가는 줄 모르고 흙에 그림을 그리고 조그만 돌멩이를 튕겨가며 땅따먹기를 하고 있었다. 어지간히 놀았던지 아들이 투정부리듯 한마디 내

여행도……
우리 인생도……
잠시 쉬어가는 지혜가 필요하다.
여행을 하며 굳이 무언가를 해야 한다는
그런 강박관념을 버리면
여행이 한결 편해진다…….

뱉었다.

"아, 덥다 더워! 나 좀 쉴래 힘들어."

"헐! 사랑하는 아들. 시작한 지 한 시간도 채 안 됐는데? 좀 더하
자."

"응. 아니야. 난 좀 쉴래. 아빠 혼자서 해."

"에이, 그럼 혼자서 해야지."

아들이 놀이판으로 다시 돌아올까 싶어서 기대감을 가지고 힐끔 쳐다보며 혼자서 땅따먹기를 했다. 하지만 아들은 꿈쩍도 안 했다. 혼자서 하는 놀이가 재미가 있을 턱이 없다. 1분도 채 안 돼서 이내 아들이 쉬고 있는 곳으로 향했다. 가끔 이럴 때 보면 아들보다 내가 더 철이 없어 보이곤 한다. 오랜만에 유년 시절의 기억을 소환했건만……. 그 마음을 몰라주는 아들이 얄밉지만 사랑하는 아들의 피부건강은 소중하니까 아쉬운 마음을 이내 접고, 쉬면서 즐길 거리를 찾았다.

여행을 떠나면 종종 그런 경우가 있다. 한참 시간이 흐른 것 같은데도 막상 시계를 보면 이상하리만치 시간이 흐르지 않았다. 여행이 주는 묘미 중 하나가 바로 시간이 느리게 간다는 것이다. 느리게 가는 시간을 십분 이용해서 나에게 선사하는 휴식은 그야말로 최고의 선물이다. 여행을 떠나면 생각보다 할 일이 없다. 우두커니 경치를 감상하거나 아이들과 함께 놀거나 책을 읽고 낮잠을 자거나 음식을 해먹는 데서 그친다. 가끔 음식을 해먹고 치우느라 많은 시간을 보내는 여행자들이 있긴 한데, 여행의 시간을 좀 더 여유롭게 쓰기 위해서는 간편식을 준비하면 된다. 집에 있을 때 잘 먹고 여행을 나와서는 먹는 것을 조금 게을리해도 상관없다. 간편식을 준비하는 시간조차 아깝다면 요즘은 여행지 주변 맛집이 즐비하기 때문에 그곳에서 해결하면 된다. 나 같은 경우 시골 마을 슈퍼에 들어가서 음료수를 하나 사며 원주민들이 즐겨 찾는 싸고 맛있는 식당을 물어서 방문하는데, 대부분의 경우 괜찮은 선택이었다. 혹자는 여행에서 음식을 해먹는 즐거움이 빠지면 아쉽다고 하겠지만, 뭐가 더 좋다고 단정할 수 없으니 선택은 본인의 몫이다.

느리게 가는 시간을 한껏 즐길 수 있는 또 하나의 방법은 스마트 기기 사용을 최대한 자제하는 것이다. 스마트 기기를 계속 사용하는 것이 여행의 의미를 퇴색시킨다는 것은 많이들 알고 있을 것이다. 스마트 기기와 함께하는 순간 시간의 속도가 빠르게 흘러가는 마법이 시작된다. 평소에 늘 손에서 떠나지 않는 스마트 기기도 여행의 시간을 즐길 때만큼은 자유롭게 내버려두는 것이 좋다. 여행까지 나와서 손에서 스마트기기를 놓지 않는다면 매일 열 받아 있는 스마트 기기가 열 받은 김에 주인을 향해 욕을 퍼붓고도 남을 일이다.

한 여행자가 길을 가다가 마차를 만났다. 너무나 다리가 아파서 태워달라고 부탁했고, 마부는 기꺼이 태워주었다. 여행자가 마부에게 물었다.

"여기서 목적지까지 얼마나 걸리나요?"

마부가 답했다.

"이 정도 속도라면 30분 정도 걸리지요."

나그네는 고맙다는 인사를 하고 잠시 잠을 청했다. 깨어보니 30분 정도 지나 있었다.

"목적지에 다 왔나요?"

마부가 답했다.

"여기서 1시간 거리입니다."

"아니, 아까 30분 거리라고 했는데, 그새 30분이 지났잖아요?"

마부가 말했다.

"이 마차는 반대 방향으로 가는 마차입니다."

《탈무드》에 나오는 이야기이다. 목적지로 가는 좋은 방법을 찾았지만 방향을 잘못 잡은 여행자의 일화로 인해 얻을 수 있는 깨달음이 있다. 인생을 살아가는 데는 방법도 중요하지만 방향이 더 중요하다. 물론 좋은 방법을 통해 얻을 수 있는 결과가 중요하지 않은 것은 아니지만, 결코 방향을 경시해서는 안 된다. 나그네의 이야기는 말을 때리는 채찍처럼 우리를 일깨운다. 우리 삶에서 중요한 것은 속도가 아니라 방향이라는 것을.

인생을 살아가면서 우리가 참고하는 이정표가 올바른 방향을 잘 나타내고 있는지를 신뢰할 수 있는 사람들과 서로 체크해서 알려주는 것이 무척 중요하다. 그러기 위해서는 많은 사람들을 알고 지내는 것보다 서로에게 도움이 되는 진실한 몇 사람과 깊게 사귀는 것이 필요하다. 서로에게 도움이 되는 현명한 사람들을 평소 잘 사귀어두어야 한다. 혼자서 무심코 갔다가 길을 잃고 헤매는 어리석은 우를 범하지 말자. 벗들과 함께 잘 준비된 길을 가자. 그 방향이 올바를 확률이 높다.

여행도 인생에서와 마찬가지로 방향이 중요하다. 닥치는 대로 무언가를 하는 여행도 의미가 없다고는 할 수 없겠지만, 느긋한 마음으로 충분한 휴식을 취하며 즐기는 여행은 '여행＝힐링'이라는 공식을 가지고 있는 현대인들에게 부합한다고 할 수 있다.

여행은 인생과도 같다. '인생 여정'이라는 말이 있듯, 인생 역시 여행과도 같다. 마라톤과도 같은 인생이라는 여행길에 서 있는 우리는 이따금 삶의 템포를 잘 조절해서 쉬어갈 필요가 있다. 인생이라는 여행을 하며 삶의 목적이 있다면 올바른 방향과 목적을 가지고 천천히 나아가는 것이 중요하다. 삶이 곧 여행이고 여행이 곧 삶이다.

짧은 여행이든 긴 여행이든 상관없이 여행을 떠나면 본전이라도 뽑듯 이곳저곳을 둘러보느라 강행군을 펼치는 사람들이 종종 있다. 하지만 여행지에서 취하는 '휴식' 또한 여행인 것이다. 힘들고 지칠 때는 굳이 강행군을 하며 몸을 혹사시키지 마라. 그저 지금 '내'가 있는 곳에서 충분한 휴식을 취하며 차를 한잔하고, 음악을 듣고, 책을 읽고, 낮잠을 자라. 그 모든 것이 여행의 순간이다. 그 매 순간들이 모두 모여 온전한 여행이 되는 것이다.

"아빠. 쉬려면 집에서 쉬는 게 제일 편하지, 왜 굳이 여행을 나와서 쉬어? 쉬려면 여행을 왜 와?"

"흠……. 그러게? 우리 아들 말이 맞다. 아빠가 생각이 짧았네. 우리 빨리 짐 싸자. 밥도 엄마가 해주는 집밥이 최고인데, 그 생각을 못했네. 빨리 집에 가서 밥 먹자. 지금 출발하면, 보자, 음……. 고속도로가 아주 그냥 시뻘겋네. 차도 조금밖에 안 막히니까 세 시간이면 도착하겠다. 자, 출발!"

"아, 아니……. 그 말이 아니잖아. 방금 든 생각인데, 집밥이 최고지만 가끔 외식도 하는 것처럼, 집에서 쉬는 게 최고지만 가끔 이렇게 여행을 나와서 쉬는 것도 필요할 것 같네. 우린 여행을 자주 나오니까 여행이 일상이라 생각하며 쉬어가는 지혜가 필요하지. 암! 그럼!"

"아니야. 아빠가 생각이 짧았어. 아빠가 짐 쌀게. 아들은 그냥 가만히 앉아서 쉬어. 빨리 집에 가자. 아이고, 집밥 먹고 싶어라."

"아, 글쎄. 아니라니까. 아빠, 쪼옴~!"

천리마가 하루에 천 리를 간다고 뽐낼 일이 아니다. 천리마는 하루 만에 갈 수 있지만 조랑말도 열흘이면 갈 수 있다. 조랑말이라도 방향과 목적이 확실한 것이 낫다. 여행이든 인생이든 방향과 목적만 잘 잡으면 된다. 속도는 그리 중요하지 않다. 우리가 타고 있는 말은 대부분 천리마가 아니라 조랑말이다. 조금 느리더라도 천리마보다 조랑말이 목적지에 안전하게 잘 도착할 수 있다. 조랑말을 타고 그늘에서 낮잠도 자가며 느긋이 가는 지혜가 필요하다. 여행에서의 휴식이 바로 그것이다(참고로 비행기에서 떨어져 죽은 사람 수보다 조랑말에서 떨어져 죽은 사람 수가 더 많다고 하니 조랑말을 탈 때는 늘 조심해야 할 것이다).

깊이 심호흡을 한번 하고 주위를 둘러보자. 그리고 잠시 눈을 감고 1분만 그대로 있자. 지금은 내 인생이라는 여행길에 휴식이라는 조그만 선물을 선사할 시간이다.

18

수염이 자라는
자연스러움의 미학

　유난히 밤하늘에 별이 밝은 날이었다. 평소에는 하늘 한번 쳐다볼 시간도 없이 바쁘게 살아간다. 하지만 여행을 떠나오면 하늘을 올려다볼 기회가 많다. 특히나 밤에 모닥불을 피우고 의자에 앉아 있을 때는 별들을 모두 헤아려보기라도 할 듯 수시로 밤하늘을 올려다본다. 주위 불빛들이 모두 사라진 깊은 밤하늘의 별들은 마치 쏟아질 듯한 모습으로 밝게 빛난다. 의자에 앉아 하늘을 올려다보면 나도 모르게 자연스레 우주의 신비가 느껴진다. 그리고 모닥불을 쬐고 있는 그 공간의 분위기가 더 로맨틱해지는 것을 느낄 수 있다.

　그곳은 큰 소리로 외쳐도 아무도 들어줄 사람 없는 깊은 산속의 외딴집이었다. 마당 풀밭에 아들과 함께 앉아 모닥불을 쬐고 있었다. 여행을 하며 둘이서 대화를 나눌 때는 늦은 밤 모닥불 앞일 경우가 많다. 서로의 곁에 나란히 앉거나 때로는 모닥불을 사이에 두고 얼굴을 마주보고 앉아서 이런저런 이야기를 나누기도 한다. 아무 말 없이 모닥불을 지켜보며 우리는 누가 먼저랄 것도 없이 무심한 듯 장작을 하나둘씩 툭툭 던져 넣었다. 사방에서 입체음향으로 울어대는 풀벌레 소리에 부자간의 말소리마저 묻힐 지경이었다.

"사랑하는 아들, 이제 내년이면 벌써 중학생이네? 곧 수염도 자라고 그러겠네. 요즘 학교생활은 어때?"

"나야 뭐, 늘 재밌고 좋지. 벌써 수염 난 애들도 있어. 근데 아빠, 수염 많이 길었다. 왜 안 깎아?"

"여행 나왔는데 뭔 상관이야. 아빠도 가끔 수염을 가만히 놔두고 싶을 때가 있어."

"왜?"

"생각해봐. 수염이 평소에 얼마나 고생을 하니? 하루가 멀다 하고 면도기에게 깎이고, 평생 1cm 자라기도 힘든데, 여행 나와서라도 좀 자유를 만끽하게 놔둬야지. 계속 괴롭혀서야 되겠어?"

"맞네."

"수염 하니까 생각이 났는데, 아빠한테 '수염'에 관련된 재밌는 이야기가 하나 있는데……."

"헐! 수염에 관련된 이야기도 있어? 아빤 도대체 없는 이야기가 뭐야?"

"하하. 그러게 말이야. 한번 들어볼래?"

머리와 수염이 많이 자랐을 때 사람들은 나에게 왜 수염을 기르고 다니느냐고 물어왔다. 한국을 떠나온 지 두어 달 되었을까? 이젠 형색이 완전히 현지인과 다를 바 없을 때였다. 다른 여행자들에게 "현지 교민이냐?", "몇 년이나 여행했냐?" 같은 질문은 너무 많이 들어서 식상할 정도였다.

어느 날 우연히 만난 한 여성이 나에게 "왜 수염을 기르냐"고 물었다. 굳이 내 수염에 대해서 신경 쓸 필요가 없었을 텐데 말이다.

'내 수염이 거슬렸나? 아니면 단순한 호기심?'

이유야 어찌 됐든 초점 없는 눈동자에다 장발에 머리띠를 하고 수염을 길게 하고 다니는 내가 이상해 보여서 여자는 그런 질문을 했을지도 모르겠다. 타인의 시선을 받으려고 의도한 건 아니지만 혼자 여행을 하며 딱히 꾸밀 필요가 없었다. 그저 여행지에서는 '최대한 현지인처럼' 생활을 했다. 정확히 말하자면 일부러 현지인처럼 하고 다닌 것은 아니었다. 시간이 조금만 지나면 어느 순간 너무나도 자연스레 현지인화 되어버리는 터라 외모에는 그다지 신경을 쓰지 않았다. 정처 없이 떠돌아다니기 바빠서 머리가 길면 머리띠를 하거나 두건을 쓰고, 수염은 긴지 짧은지 신경도 안 쓰고 다녔다. 애초에 한국에서 나갈 때 면도기를 가지고 나가질 않았다. 그런데, 갑자기 훅 들어온 질문에 나도 모르게 아무런 생각 없이 마음이 시키는 대로 대답을 해버렸다.

"수염을 왜 기르냐고요? 글쎄요. 물어보는 사람도 처음이지만 수염을 왜 기르냐고 물어보는 질문 자체가 모순이라는 생각이 드는데

……."

그 여자는 이유를 알 수 없다는 얼굴로 나를 쳐다보았다.

시간은 흐른다. 흐르는 시간은 멈출 수가 없다. 시간이 흐르는 것은 지극히 자연적인 현상이다. 결단코 인위적이지 않다. 시간의 흐름으로 인해 발생하는 현상들은 대부분이 자연스럽다. 예를 들어 물이 흐른다든지, 바람이 분다든지, 사람이 나이 들어간다든지 하는 것들 말이다. 물이 높은 곳에서 낮은 곳으로 흐르고, 어딘가로부터 시원한 바람이 불어오고, 주름과 흰머리가 생겨나고, 우리가 나이 들어간다는 것들도 모두 시간의 흐름과 자연스럽게 어우러진다. 이런 것들은 자연적인 현상이지 결코 인위적인 현상이 아니다.

머리카락도 자연스레 자라나는 것이지 우리가 일부러 기르는 것이 아니다. 수염도 마찬가지다. 정확히 말하자면, 사실 나는 단 한 번도 수염을 기른 적이 없다. 단지 수염을 깎지 않고 가만히 놔둘 뿐이었다. 수염을 깎는 것이야말로 자연스레 자라나는 수염을 인위적으로 짧게 만드는 것이 아닌가. 마치 우리가 이발을 하고 염색을 하듯이 외부의 힘을 우리 신체에 가하는 것이다. 가만히 놔두면 수염도 우리 몸의 다른 부분과 같이 시간의 흐름에 의지해 자연스레 자랄 것이다. 그런데 그걸 굳이 면도기로 부지런하게 깎아서 인위적으로 없애버린다. 그렇다면, '수염을 왜 기르냐'고 질문하지 말고 '수염이 왜 기냐'고, 이렇게 질문을 살짝 바꿔야 한다. 수염이 긴 이유는 '안 깎고 가만히 놔두니까' 그런 것이다. 자연의 순리에 따라서 말이다. 단지 수염에 인위적인 행위를 가하지 않아서 그런 것이다.

자연주의 사상을 주장했던 프랑스의 철학자 루소도 '자연으로 돌아가라'고 말하지 않았던가. 뭐든 자연스러운 것이 가장 좋다. 굳이 여행의 시간에는 타인의 이목을 신경 쓰지 말고, 수염 정도는 그냥 내버려두는 것도 좋겠다.

가만히 생각해보면 우리 삶도 마찬가지다. 어른들 말씀대로 순리대로 자연스레 살면 별 탈 없이 살 텐데, 순리대로 살지 않고, 자꾸 뭔가 인위적으로 무리해서 억지로 하려고 하니 탈이 생긴다. 인위적인 것과 자연적인 것은 그런 차이가 있다.

아들은 모닥불을 바라보다가 나를 바라보다가를 반복하면서 흥미진진한 얼굴로 집중해서 이야기를 들었다. 모닥불에 아른거리는 아들의 얼굴을 마주보며 옛 기억을 소환해 함께 이야기를 나누고 있으니 마치 그 시절 그곳으로 돌아간 것만 같았다. '아빠는 이야기보따리'라고 생각하는 아들과 함께 있으면 이런저런 이야기로 시간 가는 줄을 모른다. 이렇게 여행을 통해 얻은 삶의 지혜를 아들과 나눌 때면 아들은 눈이 초롱초롱해진다. 그리고 가끔 모닥불을 바라보며 조용히 무언가를 생각하는 듯했다.

"사랑하는 아들, 모닥불에 장작을 넣는 건 자연적인 거야, 인위적인 거야?"

"인위적인데……. 근데, 춥잖아."

"하하, 정답이다. 추울 땐 장작을 때야지. 아빠는 아들도 자연스러움이 깃든 인생을 살면 좋겠어. 물론 세상은 나 혼자 살아가는 것

여행을 통해 얻은 삶의 지혜를 아들과 나눌 때면 아들은 눈이 초롱초롱해진다.
"사랑하는 아들, 모닥불에 장작을 넣는 건 자연적인 거야, 인위적인 거야?"
장작을 넣는 행위 자체는 인위적이지만,
아들이 던져 넣은 장작은 생각보다 자연스럽게 화로로 빨려들어갔다.

이 아니라서 안 그럴 때나 못 그럴 때가 더 많을 수도 있겠지만, '자연적인 것'과 '인위적인 것'에 대해서 살면서 가끔 한 번씩 생각을 해보면 좋겠어. 그럼 주위가 환기되면서 스스로를 한 번 더 되돌아보고 생각을 정리할 시간을 가질 수도 있을 테니까."

"응, 알았어."

"아들, 춥다. 장작 더 넣자. 최대한 자연스럽게!"

장작을 넣는 행위 자체는 인위적이지만, 아들이 던져 넣은 장작은 생각보다 자연스럽게 화로로 빨려들어갔다. 새벽이슬을 피해 풀벌레들도 집으로 돌아갔는지 아까보다 주위가 조금 더 조용해졌다. 다시 밤하늘을 올려다보니 유성이 긴 꼬리를 그리며 포물선으로 떨어졌다. 그 모습이 참으로 자연스러웠다.

이 세상에 절대로 네 마음대로 안 되는 일도 있다는 것을 알게 하려고 하늘에서 내려주는 것이 자식이라고 한다. 우리가 자식을 키우며 얼마나 내 마음대로 안 되는지 한번 생각해보자. 마음대로 하고 싶다고 그렇게 되지도 않고, 내버려둔다고 딱히 삐뚤어지지도 않는다. 아이의 성향을 무시하고, 억지로 인위적으로 만들어가려고 하지 말고, 아이의 성향을 잘 파악하여 자연스럽게 순리대로 내버려두는 것이 더 나은 방법이 아닐까? 나는 언젠가부터 아이에게 인위적으로 강요하는 것을 멈추게 되었다. 그리고 큰 틀만 안내해주며 자연스럽게 내버려두는 양육법을 선택하여 살고 있다.

19

'관점'을 찾아 떠나는 여행

아들이 중학생이 되고 두 번째 맞이하던 봄. 길고 긴 겨울이 지나 따뜻한 봄이 찾아올 무렵 경남 하동 섬진강으로 낚시 여행을 떠났다. 벚꽃 필 무렵에 섬진강 주변의 풍경은 그야말로 예술이다. 겨우내 움츠렸던 싹을 틔우는 초록들과 조금씩 따뜻해지기 시작하는 햇살이 야외 활동을 하지 않고는 견디지 못하게 사람을 부추긴다. 곳곳에 흐드러지게 핀 벚꽃과 구색을 맞추기라도 하듯 사이사이에 피어 있는 짙은 분홍색의 개복숭아 꽃이 어우러진 모습은 마치 한 폭의 그림과도 같다. 긴 벚꽃 터널을 지날 때면 그 아름다움이 절정에 달한다.

순간 욱해서 떠나는 여행도 있지만 먼저 충분한 계획을 세우고 나서 떠나는 여행도 있다. 이번에는 아들과 단어를 하나 정하고, 그 단어에 대한 의미를 깊이 있게 알아보는 여행을 해보기로 계획했다.

앞으로 여행을 할 때마다 번갈아가며 주제 단어를 정하기로 했는데, 지극히 아빠 주관적인 단어이긴 하지만 이번에는 '관점'에 대해서 알아보기로 했다. 여행을 하면서 생각날 때마다 이 '관점'이라는 단어를 떠올리고, 서로의 생각을 주고받는 방법으로 단어의 본질에 점점 가까이 가볼 생각이었다. 낚시, 박물관, 단풍, 맛집 등 외적인 것을 주제로 잡고 여행을 떠나는 것도 좋다. 하지만 이렇듯 하나의 '핵심단어'를 여행의 주제로 잡아서 떠나는 것도 소소하지만 깊은 의미가 있다. 그렇게 집에서부터 준비해온 '관점'을 주제로 한 여행은 벚꽃 낚시와 함께 어우러졌다.

낚시라면 바다낚시, 민물낚시 종류를 가리지 않고 즐기는지라 아이들이 어릴 적부터 낚시를 가르쳤다. 지금도 종종 함께 낚시를 하러 다닌다. 내가 하는 대부분의 낚시는 고기를 잡았다가 다시 놓아주는 캐치 앤 릴리즈Catch and Release 방식이라 어려서부터 배운 아이들도 낚시라면 그런 건 줄로만 알고 있다. 낚시는 고기의 어종에 따라서 시즌이 다 따로 있다. 겨울이라고 해서 낚시가 안 되고 여름이라고 해서 낚시가 잘되는 것이 아니다. 사시사철 월별로 대상 어종이 모두 다르기 때문에 이론과 실전을 공부하고 장비와 기술에 대해서 조금만 안다면 일 년 내내 그 시즌에 맞는 어종을 대상으로 낚시를 즐길 수 있다. 보통은 어종에 상관없이 고기가 잘 잡히고, 평균기온이 따뜻한 4~5월부터 10월 정도까지를 낚시 시즌으로 친다. 연일 폭염이 계속되는 너무 무더운 날씨를 제외하고는 말이다.

봄부터 가을까지는 물고기도 물고기지만 사람이 활동하기에도 좋은 계절이다. 그래서인지 낚시 시즌이 되면 벌써 아이들의 눈망울이 초롱초롱해진다. 주말이 다가오면 캠핑과 함께하는 낚시를 즐기고 싶다고 눈빛으로 연신 무언의 압력을 넣기 시작한다. 그럼 기다렸다는 듯이 떠난다. 특히 따뜻한 봄이 오면 겨울에는 추워서 몇 번 다녀가지 못해 봄이 근질근질했던 내가 먼저 나서서 움직인다. 섬진강의 벚꽃 시즌에 만날 수 있는 '황어'로 시작해서 본격적인 낚시 시즌이 펼쳐진다. 늘 그렇듯 아이들은 낚시 반 물놀이 반이다.

웨이더Wader: 장화가 달린 방수바지를 입고 물속에 들어가서 우리나라 전통 낚시 기법인 견지낚시를 하며 낚싯대를 살살 흔들면 고기가 물듯 말 듯하면서 쉽사리 물어주지 않는다. 한창 호기심이 많은 시기라 그런지 아들은 쉴 새 없이 질문을 한다. 미끼를 이렇게 끼우면 되는지, 낚싯대는 이렇게 흔들면 되는지, 고기는 언제 입질을 하는지 등등. 대답을 하며 함께 낚시를 하다 보면 시간이 순식간에 흘러간다.

아들은 왜 물고기들의 생각보다 입질을 잘 안 하는지에 대해 물어왔다. 평소에도 낚시에 대해 이야기할 때 자주 하는 질문인데, 마침 또 이번 여행의 주제가 '관점'이라서 나는 잠시 생각하다가 대답했다.

"사랑하는 아들. 낚시를 하는 우리 입장에서 생각하지 말고 물고기의 관점에서 생각해봐. 아무 생각 없이 낚싯대를 흔드는 것이 아니라, 내가 물고기라면 어떤 움직임에 반응을 하고 어떤 미끼에 더 유혹이 될까 하고. 그렇게 물고기의 관점에서 생각하고 물속 상황을 머릿속으로 상상해보면 낚시도 더 재밌어지고, 고기들도 지금보다 반응을 더 잘할 거야."

"듣고 보니 그러네. 그럼 이렇게 움직이면 좀 더 자연스러워지니까 물고기의 관점에서 생각한다면 미끼를 물 확률이 높아지겠네?"

"암튼……. 하나를 알려주면 열을 알아요! 빨리 황선생(황어) 얼굴 한번 보자!"

예전에 집 근처 제법 큰 절에서 불교 기초교육을 들은 적이 있다. 12주에 걸쳐 수업을 했는데, 일주일에 한 번씩 절에 가서 2시간씩 불교에 대한 공부를 하는 것이었다. 호기심이 많은 나는 무신론자이긴 하지만 불교, 힌두교, 기독교 등 어떤 종교든 관심을 가지고 공부를 한다.

　교육을 담당하는 스님이 따로 있었지만 이따금 주지스님이 와서 해주시는 말씀들은 참 재밌는 것들이 많았다. 주로 부처님의 삶과 불교 그림의 해설, 불교의 교리에 관한 이야기가 주를 이루었다. 모든 종교가 그렇듯 결국 진리는 하나였다.

　'죄짓지 말고 착하게 살아라. 너와 네 이웃을 사랑하라'.

　12주간의 불교 기초교육 수업은 1박 2일의 템플스테이로 마무리했다. 템플스테이의 첫날 저녁에는 발우공양을 하는데, 여기서 말하는 '발우'는 승려들이 식사할 때 사용하는 그릇을 가리키며, '공양'은 절에서 음식을 먹는 일을 말한다.

　우리 기수는 남녀를 합해 15명 정도 되었다. 발우공양을 할 때면 좌우로 두 줄이 멀찌감치 마주보고 앉고, 그 줄 제일 앞의 가운데엔 교육을 담당하는 스님이 교육생들을 바라보며 자리하고 있었다. 각 줄의 한 사람이 일어나 밥과 반찬통을 들고 앞에서 뒤로 이동하며 모두 본인이 원하는 만큼 덜어서 먹을 수 있도록 도와주었다. 그리고 식사를 시작하는데, 발우(그릇)는 다 먹고 난 후 물로 헹군 뒤 하얀 수건으로 닦아두었다가 다음 날 아침에 다시 본인의 발우를 사용해서 식사를 해야 하기 때문에 단 한 톨의 쌀과 반찬도 남기지 말고 깨끗하게 먹어야 했다. 음식을 먹을 때는 허리를 굽히지 않고 발우를 입가로 가져와 음식을 먹는 모습이 최대한 남에게 보이지 않도록 얼굴을 가리고 먹어야 한다. 이때 수저가 발우에 부딪히는 소리도, 음식을 씹는 소리도 최대한 들리지 않도록 조심해야 한다. 만일 잔반으로 쌀 한 톨이나 고춧가루라도 남는다면 낭패다.

식사를 다 마치고 나면 모두 본인의 발우에 설거지를 하기 위한 청수(맑은 물)를 부어 사전에 하나씩 나눠 받은 단무지로 발우를 깨끗이 닦는다. 청수와 단무지를 이용해서 최대한 발우를 깨끗하게 닦아내고, 남은 물과 단무지는 모두 본인이 먹어야 한다. 그렇게 마무리를 하고, 한 번 더 청수로 헹구어내는데, 그렇게 나온 물은 큰 그릇에 담아 앞에 앉은 스님에게 전해졌다.

오랜 시간 수행을 한 승려들이야 고춧가루 하나 없고, 밥풀 하나 없이 퇴수(설거지물을 걷는 것)가 가능하겠지만 어제까지 밖에서 생활하던 사람들은 그것이 가능할 리 만무했다. 모두가 예상한 것처럼 퇴수 그릇은 온갖 양념과 밥풀로 인해 뿌옇게 엉망이 되어 있었고, 스님도 그것을 예상한 듯이 가만히 퇴수 그릇을 바라보았다. 보통 퇴수가 지저분하게 나오면 모두가 공평하게 나눠 마셔야 하는데, 처음부터 언질을 해준 터라 보살(불교의 여신도)들은 벌써부터 인상을 찌푸리며 메스꺼운 표정을 지었다. 보기에도 지저분한 물을 나누어 마시게 하는 것이 안쓰러웠던지 스님께서는 차마 마시라고 하지는 않고 조용히 입을 열었다.

"이 물을 나누어 마시라고 하니까 왜 인상을 쓰나요? 이 물은 그대들이 음식을 먹고 난 후 설거지를 해서 나온 물입니다. 이 물이 더럽습니까?"

스님의 물음에 다들 이구동성으로 그렇다고 했다. 그러자 스님의 입을 통해 나온 한마디가 촌철살인이었다.

"이 물속에 들어 있는 부유물은 조금 전까지 여러분이 맛있게 먹었던 음식입니다. 지금은 그 크기만 작아졌을 뿐입니다. 크기가 크다고 해서 보기에 좋고, 맛있어 보이고, 그것이 잘게 부서져서 작아진 후 물속에 들어 있다고 해서 더러워 보이는 것은 그만큼 여러분의 '관점'이 협소하다는 것입니다. 크기만 작아졌을 뿐 이 음식은 밭에 싱싱하게 달려 있을 때나 여러분의 발우에 맛있어 보이는 음식으로 있을 때나 물과 섞여 더러운 것처럼 보이는 지금이나 변한 것이 없습니다. 단지 변한 것은 바로 여러분의 마음입니다."

순간 머리를 망치로 땅 하고 한 대 얻어맞은 듯했다. 맞다. 우리가 발우공양을 통해 먹은 음식은 그 전이나 그 후나 크기만 작아졌을 뿐 그 성질이 전혀 변하지 않았다. 변한 것은 인간의 마음, 즉 인간의 시선일 뿐이었다. 발우공양을 통해 똑같은 사물을 바라보더라도 어떤 관점觀點,Viewpoint으로 바라보느냐에 따라 관념觀念,Notion이 달라진다는 것을 알게 된 순간이었다.

마지막 날 배운 '관점', 이 한 단어로 12주간의 모든 공부가 정리되는 듯했다. 우리 삶에 관점이 얼마나 중요하고 또 중요한가를 비로소 알게 되었다. 삶의 관점을 조금씩 바꾸어 세상을 바라본다면 분명 자신이 지금까지 봐왔던 것과는 다른 세상이 눈에 비칠 것이

물고기 입장에서 생각하자 입질이 온다는 아들,
물고기에게는 그리 반가운 일이 아닐지도…….
아들과 함께하는 여행 또한 아들이 세상을 다양한 관점으로
볼 수 있는 좋은 기회가 되었다.

다. 여행을 하며 많은 생각을 했고, 생각의 깊이와 넓이를 충분히 확장했다고 느끼며 살아왔는데, 결국은 스스로의 관점에 갇혀 있었던 것이다. 발우공양은 내게 그런 깨우침을 주었다. 그 이후로 내내 내 삶의 주제는 오로지 '관점'이었다.

"아싸, 왔다. 아빠 고기가 물었어! 확실히 물고기 입장에서 생각하니까 입질이 바로바로 오네. 아까랑은 좀 다른데? 이제 좀 감이 오는데?"

"그래. 관점을 달리하니 모든 게 달라 보이지? 자! 물고기 입장에서 생각하며 이제 제대로 한번 해보자."

다양한 '관점'으로 바라본 2박 3일간의 여행은 아들과 나를 평소보다 더 깊이 있고 의미 있는 시간으로 이끌었다. 지금도 우리 부자는 종종 '관점'에 대해서 그리고 다른 '단어'들의 의미에 대해서도 이야기를 나눈다. 나만의 관점으로 바라본 세상이 누군가의 눈에는 또 다르게 비칠 수 있기에 늘 다양한 관점으로 세상을 바라보려 애쓴다. 아들과 함께하는 여행 또한 아들이 세상을 다양한 관점으로 볼 수 있는 좋은 기회가 되었다.

아이들은 꼰대를 싫어한다. '꼰대'란 어른의 과거 경험이 마치 전부인 듯 강요하는 모습이 싫어 아이들이 붙인 이름일 것이다. 삶이 바쁨에도 불구하고 아이들과 많은 대화를 나누고, 시간을 함께 보내야 하는 이유는 아이들이 살아가는 방식과 그들이 세상을 바라보는 방식을 공유하기 위해서이다. 그게 꼰대가 되지 않는 첫 번째 비법이다.

적어도 나는 내 아이들에게 꼰대가 되고 싶지는 않다. 내가 알고 있는 것들을 많이 알려주고 싶지만 그것이 전부이며 기준이라고 말하고 싶지 않다. 그래서 때로는 내가 아는 길이 있어도 아들이 걷고 싶은 길로 함께 간다. 그리고 깨닫는다. 다양한 관점을 통해 아들과 함께하는 그 시간이 사실은 내게 더 많은 배움의 시간이 된다는 것을……. 아들과 함께하는 시간을 통해 나 역시도 조금씩 성장하는 것을 느낄 수 있다. 아이는 어른의 스승이라는 말을 아들과 함께하는 시간 속에서 늘 실감한다.

남는 게
과연 사진밖에 없을까?

"남는 건 사진밖에 없어."

외국 사람도 이런 말들을 하는지 아니면 예전부터 유독 우리나라 사람들만 하는 말인지는 모르겠지만 모두들 이 말에 걸맞게 여행을 가면 관광지를 사진에 담느라 여념이 없다. 가이드북이나 인터넷으로 미리 알아본 관광지를 찾아서 열심히 이동하고, 목적지에 도착하면 풍경을 음미하며 눈에 담을 여가도 없이 마치 증거라도 남기듯 사진 찍기에 여념이 없다. 사진을 다 찍고 나면 다시 다른 장소로 이동하여 똑같은 행동을 무한 반복한다. 현지에서 미처 느끼지 못했던 여행지의 아름다움과 감동은 집으로 돌아온 후 사진을 보며 어렴풋이 느낄 수 있지만, 이조차도 시간이 지나면서 점점 더 퇴색되기 마련이다.

인생의 아름답고 인상 깊은 순간은 카메라로 찍어 사진으로 남기는 것보다 눈으로 찍어 마음에 담는 것이 좋다. 그래야지만 세월이 흐를수록 그곳에서의 기억이 점점 더 숙성되고, 그곳에서의 감동이 더 진하게 떠오른다. 하지만 인간은 망각의 동물이니 눈으로 찍어 마음에 충분히 담은 후에 사진 몇 컷 남기는 것쯤이야 애교로 넘어갈 수도 있지 않겠나 싶다.

스마트 폰에 익숙해져버린 어느 날, 익숙함을 넘어서 SNS에 중독되어버린 나를 발견하게 되었다. 맛있는 음식을 먹기 전 사진을 찍어서 SNS에 올리는 것은 일상이 되어버렸고, 어디를 가더라도 증거 사진을 남겨 SNS에 일일이 보고를 했다. 그렇게 살고 있는 나를 보며 한심함이 밀려와 한동안은 SNS를 끊고 살기도 했었고, 하루에 단 한 번만 접속하기로 스스로와 약속을 하고, 시간을 정해놓고 사용하기도 했다. 하지만 그것도 잠시뿐. 이미 SNS에 중독되어버린 내 삶은 SNS 상에 있는 친구들과의 소통과 그곳에서 얻는 새로운 정보의 유혹으로 인해 내 다짐을 너무나도 쉽게 흔들어놓았다. 결국 나는 다시 자연스럽게 SNS로 돌아가게 되었다. 마치 향수병에 시달리던 어느 날 고향으로 돌아간 것처럼……
"사랑하는 아들. 빨리 이리와 봐. 사진 좀 찍게."
"응. 이쪽으로?"
"아니, 조금만 옆으로 가. 좀 웃어봐."
"어휴! 아빠, 사진 좀 그만 찍으면 안 돼?"

"야야, 남는 건 사진밖에 없어. 좀 웃어봐. 멸치~!"

"대가리~!"

내가 하면 로맨스 남이 하면 불륜이라 했던가. 어느 순간 이러고 있는 내 모습을 발견하고, 나도 모르게 피식 웃음이 터져나왔다. 여행할 때는 카메라로 찍어 사진으로 남기기보다 눈으로 찍어 마음에 담으라고 누구보다 열렬히 주장했던 나였다. 순간 사진 찍기에 목숨을 걸고 있는 나를 발견했고, 비로소 핸드폰을 내려놓았다. 그리고 더 이상은 사진을 찍지 않고, 아들과 함께 이야기를 나누며, 차분히 주위 풍경을 눈에 담았다.

"아빠. 사진과 관련된 재밌는 이야기는 없어?"

"흠, 보자. 사진이라……. 아! 생각났다."

사진에 관한 이야기를 하자면 실체와 허상에 대해 짚고 넘어가야 하는데, 이때 빠질 수 없는 이야기가 있다.

아주 먼 옛날. 히말라야 산꼭대기에 조그만 암자가 자리 잡고 있었다. 깊은 산속인데다 해발도 높은 곳이어서 만년설이 쌓여 있고, 수시로 눈이 내리는 곳이었다. 여느 때와 마찬가지로 그날도 기상이 좋지 않아 눈보라가 몰아치고 있었다. 지리적인 조건으로만 따진다면 군복무 시절, 강원도 깊고 깊은 산골짜기에서 죽어라고 했던 제설작업은 명함도 못 내밀 정도로 눈이 징글징글하게 많이 내리는 곳이었다. 아무리 치워도 끝이 없이 내리는 눈을 원망하며 그날도 동자승은 한숨을 내쉬며 마당을 쓸고 있었다.

평소에는 수시로 보이던 큰스님이 이날따라 보이지 않았다. 한참 동안 보이지 않던 큰스님이 뭔가를 가져 나와 마당 한구석에서 불을 때기 시작했다.

'스님이 저곳에서 뭘 하지?'

궁금했던 동자승은 마당을 마저 쓸고 큰스님께 다가가다 깜짝 놀라서 자리에 그만 털썩 주저앉고 말았다. 이유인즉슨 큰스님이 법당 안에 있던 목불상木佛像을 가지고 나와 도끼로 패서 장작으로 쓰고 있었던 것이다.

"아니, 큰스님! 어쩌려고 이러십니까? 부처님께 큰 벌을 받으십니다. 제발 그만두십시오."

그러자 큰스님은 아무렇지도 않다는 듯 태연하게 동자승을 올려다보며 빙긋이 웃었다.

"춥잖아. 너도 이리 와서 앉아."

그랬다. 큰스님은 단지 추웠던 것이다. 그 높은 산꼭대기에서 장작을 구하기도 쉽지 않았을뿐더러 장작이 있다고 하더라도 거의 다 떨어져가던 시점이 아니었을까. 스님의 그 한마디에 어리둥절하던 동자승은 잠시 후 큰 깨달음을 얻고 스님 곁에 가서 앉아 같이 불을 쬐었다.

동자승은 무슨 깨달음을 얻었을까? 법당에 있던 목불상이 장작이 되어 사라졌다고 해서 부처가 사라진 것일까? 아니면 부처의 형상으로 자리하고 있던 목불상이 법당 안에 그대로 존재하고 있다고 해서 부처가 늘 그 자리에 있었던 것일까?

불교 경전의 하나인 《반야심경》에는 '색즉시공色即是空 공즉시색空即是色'이라는 명구가 나온다. 이 세상에 형상을 나타내고 있는 모든 것은 일시적인 형체를 갖추고 있는 것일 뿐, 사실은 실체가 없는 허상과도 같고, 허상 역시 실체를 갖추고 있는 것과도 같은 의미가 있다는 말이다. 특수상대성이론을 발표한 천재 물리학자인 아인슈타인 역시 세상의 모든 질량이 우리 눈에 보이지 않는 것으로 산화하여 없어졌다 하더라도 눈에만 보이지 않을 뿐 실제로는 없어진 것이 아니라 이 우주 공간에 어떤 형태로든 에너지로 남아 있다고 했다. 이 둘의 맥락이 비슷하게 느껴지는 것은 우연의 일치라고 해야 할까?

불교의 반야심경에 나오는 색즉시공 공즉시색이라는 구절을 큰스님은 이미 충분히 깨달은 후였다. 동자승은 이날의 해프닝을 통해 그 깨달음을 얻을 수 있었던 것이다. 동자승은 깨달음을 얻었고, 큰스님은 온기를 얻었으니 그야말로 일석이조가 아니겠는가. 그 이후 이들이 어디를 바라보고 절을 했는지 궁금하긴 하지만 이후의 이야기는 전해들은 바가 없어 아쉬울 따름이다. 아마도 색色이 공空이 되어버린 그곳을 향해 절하지 않았을까? 그냥 절하기는 아쉬워 다른 무언가를 갖다놓고 절을 했는지도 모를 일이다. 그 무언가가 굳이 부처의 형상이 아니더라도 말이다.

깨달음을 주기 위해 누군가가 만들어낸 이야기인지, 실제 있던 일인지 알 수는 없으나 이 일화를 통해 얻은 교훈은 내 삶을 한번 되돌아보게 만들었다. 지금까지 눈에 보이는 것에만 치중하며 살지는 않았는지, 눈에 보이지 않는다고 해서 존재하지 않는다고 생각한 것은 아닌지 말이다.

물론 세상에 절대적인 것은 없다. 사물과 풍경을 사진으로 남겨 여행에서 돌아온 후 추억에 잠기는 것도 좋은 방법이고, 눈으로 충분히 음미한 후 마음에 담아 오랫동안 기억 속에 간직해도 좋다. 사진으로 남기든 마음으로 남기든, 그것은 개인의 선택이다. 중요한 것은 무엇을 남기려면 최소한 어떠한 형태로든, 어떤 곳에 몸이나 마음이 가야 한다는 것이다. 사진을 색色이라 하고 마음에 남기는 것을 공空이라 한다면 사진에 남기는 것과 마음에 남기는 것은 다르지만 같다고도 할 수 있으니 누가 그 선택을 나무라겠는가. 중요한 것은 자신이 간 곳에서 어떤 것을 보고 무엇을 느꼈는지가 아닐까?

사진작가가 찍은 사진을 보고 누군가가 말했다.

"내가 저곳에 갔다면 나도 저런 멋진 사진을 찍었을 텐데."

그 말을 듣고 사진작가가 말했다.

"당신과 나의 차이가 있다면 나는 그곳에 갔다는 것이고, 당신은 그곳에 가지 않았다는 것이오."

여행의 기억이 어떤 형태로 남든 남기기 위해서는 일단 어디로든 떠나야 한다. 그것이 어떠한 형태의 여행이든 말이다.

아들은 사춘기에
철학자가 되었다

아들이 중학생이 되고 처음 맞이하는 가을 어느 날, 인적이 드문 시골 마을로 여행을 떠났다. 아직 여름의 온기가 채 가시지 않은 초가을, 어느 시골 학교 운동장이었다. 두어 시간 동안 둘이서 신나게 학교 운동장을 뛰어다니며 축구를 하고 나니 숨이 턱까지 차올랐다. 가을바람이라고 하기에는 무색하게 훈훈한 바람이 불어와 땀으로 젖은 몸을 식혀주었다. 실컷 땀을 흘린 후 물을 한잔하는데, 아들이 넌지시 말을 건넸다.

"아빠, 나 사춘기인 거 같아."

"응, 아니야. 아빠가 사춘기야."

"장난이 아니고, 나 진짜 사춘기인 거 같아."

"하하, 그래? 사랑하는 아들, 드디어 올 것이 왔구나? 아들아, 오

많은 아이들이 사춘기를 경험한다.
사춘기가 아들에게는 어떤 의미로 오는지 물었더니
아들은 사춘기란 갈림길이라고 대답했다.
인생의 갈림길에서 아들은 어떤 선택을 했을까?
나는 지금도 사춘기가 진행 중이다.

는 사춘기를 막을 순 없지만 사춘기를 학창시절 짧고 굵게 보내려고 일부러 애쓰지 않아도 괜찮아. 살아가며 조금씩 나누어 가져가보면 어떨까? 더군다나 운동과 바둑으로 내공이 탄탄하게 다져진 아들이라면 그럴 수 있을 것 같은데?"

"흠……. 그것도 괜찮긴 한데……. 아빠는 사춘기 없었어? 아빠는 그때 어땠는데?"

"하하. 진짜로 아빠는 지금도 사춘기라니까."

"하긴. 아빠를 보면 지금도 사춘기 같긴 해."

많은 아이들이 사춘기를 경험한다. 흔히 사춘기 시절에는 부모나 기성세대들과 갈등을 겪거나 반항을 해야지만 사춘기라고 생각한다. 주위에서나 대중매체에서는 계속 사춘기라는 단어 속에 아이를 옭아맨다. 우리 아이가 사춘기가 온 것 같다거나 사춘기가 올 때가 되었다는 말로 은연중에 그 시기에 아이가 사춘기를 꼭 겪고 지나가야만 당연한 듯이 생각한다.

흔히들 사춘기는 '주변인', '질풍노도의 시기'라고도 하는데, 굳이 그런 고정관념 속에 더불어 휩쓸릴 필요가 있을까? 고정관념은 조금만 틀어보면 유동관념이 되고, 유동적인 관념을 가지면 말랑말랑한 창의적 사고를 할 수가 있다. 창의적인 사고를 통해 이 시기에는 꼭 사춘기가 와야 한다는 고정관념의 틀에서 벗어날 수 있다. 물론 호르몬 분비로 인한 감정의 기복이야 나타날 수 있지만 그것은 취미생활과 대화와 소통을 통해 충분히 슬기롭게 극복할 수 있다.

2차 성장기가 와서 외형적인 모습이 조금씩 변하니 몸은 어쩔 수 없이 인체의 변화에 따른 사춘기가 온다고 하지만, 감정적인 사춘기는 남들이 다 겪는다고 해서 굳이 그 시기에 맞춰서 함께 질풍노도의 시간을 겪을 필요는 없을 듯하다. 짧고 굵게 사춘기를 보내고 나면 무수히 많은 남은 날 동안 살면서 심심할 수도 있으니 사춘기를 평생 동안 조금씩 나누어서 겪어보는 방법을 가져보는 건 어떨까? 그러기 위해서는 성장기에 부모와의 교감과 대화는 필수적이다. 그래서 나는 아들이 어릴 적부터 좋은 취미를 많이 가질 수 있도록 노력했다. 건전한 취미와 세상을 향한 소통을 통해 욕구를 발산할 수 있게 곁에서 도와주어야만 자칫 어려울 수도 있는 시기를 쉽고 현명하게 극복할 수 있다고 생각했다.

나의 절친한 선배는 중학교 3학년 때 가출을 감행했다. 가출의 이유는 엄마가 비디오 플레이어를 사주지 않아서였다. 그 당시 보고 싶었던 비디오가 많았는데, 비디오 플레이어가 없어서 보질 못하니 선배는 답답했다. 몇 번을 졸라도 사주지 않는 엄마에 대한 원망이 쌓였고, 어린 마음에 가출까지 감행한 것이다. 선배는 밤 9시쯤 집을 나와서 부산역으로 향했다. 시골에 있는 친척집으로 가려고 왕복 차비만 들고 집을 나와 기차 시간을 기다리며 부산역 안 의자에 누워서 잠을 자고 있었다. 잠시 후 어떤 아저씨가 깨우며 따라오라고 해서 부산역 근처 모텔이 많은 곳으로 따라갔다. 그러다 문득 무서워져서 근처 파출소로 뛰어 들어갔다. 파출소에서 부모님께 연락을 했고, 새벽 1시경 부모님이 파출소로 왔고, 그렇게 인생 처음이자 마지막 가출은 4시간 만에 싱겁게 마무리되었다. 집으로 돌아온 후 부모님이 가출 경위에 대해 물어보자 선배는 "비디오 플레이어를 사주지 않아서"라는 다소 황당한 대답을 내놓았다. 어이가 없었던 엄마는 다음 날 비디오 플레이어를 사주었다고 한다. 나중에 기회가 되면 그렇게 보고 싶었던 비디오가 무엇인지 한번 물어보고 싶다.

이렇듯 별것 아닌 일에도 반항하고 가출을 감행하는 시기가 바로 사춘기다. 아들의 친구들 중 가출을 경험한 아이들도 있다고 했다. "가출하면 아빠는 바로 이사 간다"는 말을 예전부터 입버릇처럼 해 와서일까? 아들은 가출은 꿈도 꾸지 못한다. 사실 평소 잦은 여행을 통해 집 나가면 그야말로 개고생이라는 것을 스스로 체득한 이유가 더 클 것이다.

중학교 1학년 무렵 사춘기가 온 것 같다는 아들은 별다른 사춘기를 겪지 않고 그 시기를 현명하게 잘 극복했다. 그로부터 2년이 지난 후 중학교 3학년이 된 아들에게 사춘기란 무엇인지 물어보았다. 어릴 때부터 바둑과 여행을 통해 체득한 사색의 결과인지 예상치 못한 수준 높은 답변이 나왔다.

"사랑하는 아들. 너 예전에 중학교 1학년쯤 되었을 때 사춘기가 온 것 같다고 했잖아? 중학교 3학년이 된 지금 아들이 생각하는 사춘기는 뭐라고 생각해?"

"히히. 아빠가 언젠가는 분명히 물어볼 줄 알았어. 그래서 사춘기에 대해서 내가 미리 생각을 좀 해둔 게 있지. 내 생각에 사춘기란 갈림길이라고 생각해."

"응? 갈림길? 무슨 뜻이야?"

"보통 사춘기가 오면 나타나는 반응이 두 가지 케이스로 나뉘는 데, 내 친구들을 보면 그런 것 같아. 흔히 우리들이 사춘기라 일컫는 감정기복이 정말 심해지는 사람과 진짜 조용해지는 사람. 이런 두 가지 케이스가 있는 것 같아. 첫 번째 케이스는 말 그대로 감정기복이 정말 심해지는 애들, 두 번째 케이스는 정말 애 괜찮나 싶을 정도로 다운되고 조용해지며 남에게 열등감을 많이 느끼는 애들. 사춘기에는 이런 두 가지 케이스의 사람들이 있는데, 각자 어떤 길을 선택하는지, 어떤 길로 빠지는지는 사바사(사람 by 사람, 사람에 따라 다름)인 것 같아."

"헐! 아들 완전 철학자 다 됐네. 강의해도 되겠다. 다른 생각은 없어?"

"왜 없겠어? 또 있지. 그리고 사춘기의 밀도 차이는 사람마다 다른 것 같아. 어떤 사람은 정말 짧고 굵게 왔다 가고, 또 어떤 사람은 한 번 온 사춘기가 계속 지속되기도 해. 내 친구들을 가까이서 지켜보면 그런 것 같아. 물론 사람마다 차이는 있겠지만 말이야. 사춘기가 오는 것은 본인이 어떻게 할 수 있는 것이 아니지만 이미 와버린 사춘기는 스스로가 제어할 수 있어야 할 것 같아. 닥쳐버린 사춘기를 어떻게 잘 넘길 것인지, 아니면 사춘기를 계속 이어갈 것인지, 더 나아가 어떻게 활용할 것인지를 사춘기가 오는 것과는 별개로 자신의 의지만 있다면 선택할 수 있으니까 말이야. 이미 와버린 사춘기는 자신의 의지로 충분히 제어할 수 있다는 것. 이게 핵심인 것 같아."

"헐! 요즘 중학교 3학년들 수준이 대부분 너랑 비슷하니? 아니면 아들이 좀 이상한 거니? 너랑 말하다 보니까 꼭 어른이랑 이야기하는 것 같다."

"히히. 내가 쫌 하는 편이랄까?"

"하하하. 잘나셨어."

갈수록 아이들이 사춘기가 오는 시기가 빨라진다. 시대의 흐름에 따른 변화의 속도야 어쩔 수 없다지만 굳이 아이들 앞에서 요즘 애들은 사춘기가 빨라서 중학생 때도 아니고 초등학교 때부터 사춘기가 온다는 말을 스스럼없이 할 필요는 없다. 곁에서 그런 말을 듣는 초등학생 아이들은 어떻게 될까. "아. 지금 시기에 사춘기가 오는 것은 당연한 거구나. 주위에서 친구들도 이야기하고 인터넷에서도 말하던데 나도 그럼 반항하고 말을 안 들으면 사춘기구나" 하고 마치 무슨 훈장이라도 하나 달 듯 굳이 하지 않아도 될 반항을 하고 말을 안 듣기 시작한다. 그렇게 해서 철이 든다면 다행이지만 딱히 그런 것도 아니다. 본인도 주위 사람도 힘들어지기만 할 뿐이다.

나는 학창시절에 조용한 음악을 들으며 많은 위로를 받았다. 클래식을 많이 들었는데 말이 나온 김에 클래식에 대한 소개를 잠시 하고자 한다. 클래식이 심신 안정과 아이들의 정서 발달에 많은 도움이 된다고 해서 예전부터 습관처럼 클래식을 들었다. 작곡가와 제목은 잘 모르지만 지금도 늘 곁에는 클래식 연주가 흘러나온다. 태교에 좋다고 해서 태교를 할 때도 늘 클래식과 함께였다. 우리 아이들은 어릴 때부터 자연스레 클래식을 듣고 자라서 그런지 감수성이 풍부하다.

KBS 라디오를 열심히 듣는다. FM 93.1 채널을 틀어놓으면 클래식과 국악이 섞여 흘러나와 하루 종일 온 집안을 은은하게 가득 채운다. 정적이 흐르는 집 안에 조용한 클래식 음악이 잔잔한 파동을 일으켜 적막감을 깨트려준다. 조용한 음악과 함께하는 시간은 늘 여유와 더불어 사색의 향기를 더해줘서 참 좋다. 일을 할 때나 이동을 할 때는 AccuRadio라는 음악 전문 어플을 이용한다. 다양한 장르의 음악을 들을 수 있어서 좋다. 이 어플은 간단한 회원가입만 하면 무료로 이용할 수 있는데, 24시간 연속해서 음악이 흘러나온다. 일을 할 때나 책을 읽을 때 조용한 Romantic Piano 채널을 틀어놓으면 몰입하기에 그만이다. PC로는 www.accuradio.com 사이트로 접속을 하면 된다. 본인 취향에 맞는 카테고리를 찾아들어가 원하는 채널을 선택할 수 있는데, 정말 다양한 음악들을 선택하여 들을 수 있어 추천하는 바이다. 귀 호강과 정신건강에 도움이 되는 음악을 활용해서 아이들의 사춘기 시절을 현명하게 극복하기를 바란다.

세상에 없는 3가지가 있는데, 그것은 바로 '공짜, 비밀, 정답'이다. 사춘기를 극복하는 방법에 대한 비밀도 정답도 없다. 세상에 공짜 밥이 없듯 사춘기가 오면 공짜로 지나가지도 않는다. 으레 성장통을 거치게 마련이다. 성장에 따른 호르몬 분비로 인해 오는 사춘기를 막을 수는 없다. 하지만 그 또래 주위 아이들이 한다고 오지도 않은 사춘기를 굳이 만들어서 "나는 지금 질풍노도의 시기니 건드리지 말 것."이라고 변신할 필요도 없다. 부디 아이의 스타일에 맞게 현명하게 잘 극복해 나가길 바랄 뿐이다. 나는 지금도 사춘기가 진행 중인 것 같다.

Chapter 4

생각 너머로 떠나는 시간

22

아들과 함께하는
동상동몽의 시간

주위를 잘 찾아보면 지방자치단체에서 주관하는 여러 행사들을 만날 수 있다. 인터넷 사이트나 길거리 현수막을 통해서 볼 수 있는데, 내가 살고 있는 지역에도 시에서 주관하는 좋은 프로그램이 있어서 아들과 함께 참여하게 되었다. 아들이 초등학교 졸업을 얼마 남겨 놓지 않은 어느 가을 날. 운전을 하며 집으로 가고 있는데, 아들과 아빠가 함께 떠나는 '부자캠프 동상동몽'이라는 현수막이 길가에 걸려 있었다. 잠시 정차를 한 사이 사진을 찍어 집에 도착한 후 전화로 신청을 했다.

15쌍의 아빠와 아들이 강원도 국립횡성숲체원 휴양림으로 여행을 떠나 2박 3일 동안 함께 생활을 하는 프로그램이었다. 여행을 떠나기 일주일 전 청소년상담복지센터에서 처음 만난 15쌍의 부자父子들과 인사를 나누고 오리엔테이션을 받았다. 프로그램을 통해서 떠나는 단체 여행은 처음이었기에 다양한 가족들과 함께한다는 어색함과 기대를 가지고 아들과 나는 일주일 동안 떠날 날만을 기다렸다.

일주일 후 15쌍의 부자가 관광버스를 타고 두 시간 가까이 달려 도착한 국립횡성숲체원은 생각했던 것보다 멋진 곳이었다. 넓고 쾌적한 숙소에서 세 가족이 짝을 이뤄 숙소를 사용했는데, 다소 많은 프로그램을 경험한 후 편안한 휴식을 취하기에도 그만이었고, 식사도 썩 좋았다. 가을이라 곳곳에 울긋불긋 단풍잎이 가득한 곳에서 2박 3일 동안 사랑하는 아들과 14쌍의 다른 부자들과 함께한 시간은 지금도 잊을 수 없을 정도로 값진 경험이었다. '이렇게 자녀 양육에 관심이 많은 아빠들이 같은 지역에 많이 살았나?' 하는 놀라움을 자아낸 시간이었다. 평소 아들과의 갈등을 해결하기 위해 여행을 떠나온 부자도 있었고, 우리 못지않게 관계가 좋은 부자도 눈에 띄었다. 엄마가 신청을 해서 마지못해 강제로 끌려온 아빠들도 있었지만 아들을 향한 사랑은 모두가 한결같았으리라.

아버지와 아들이 함께 떠나는 부자 캠프라는 말이 참 좋았지만, 그보다 더 마음을 흔들어놓았던 것은 동상동몽이라는 말이었다. 보통 같은 자리에 자면서 다른 꿈을 꾼다는 뜻으로 해석되는 동상이몽同床異夢이라는 말을 많이 사용한다. 하지만 함께 세상을 살아가면서 동상동몽同床同夢을 하는 것보다 더 좋은 것이 어디 있겠는가. 부부지간도 마찬가지이지만 부모 자식 간에도 서로 무슨 생각을 하고 사는지 모르는 경우가 적지 않다. 곰곰이 생각해보면 참 안타까운 일이다. 부모와 자식은 세상에서 가장 가까운 사이 아닌가. 내 마음을 흔든 '동상동몽'이라는 네 글자는 다양한 프로그램과 함께한 2박 3일 동안 우리 부자를 더 가깝게 만들어주었다. 우리뿐만 아니라 다른 부자지간의 관계를 깊이 들여다볼 수 있는 계기도 되었다. 횡성숲체원 구석구석을 뛰어다니며 보물찾기를 하듯 나무 이름을 알아내서 먼저 출발점에 도착하는 프로그램, 서로가 좋아하는 것들을 알아맞히는 게임 등을 하며 모두가 서로를 조금씩 알아나가는 시간을 가졌다.

가장 인상적인 것은 아들이 아빠에게 바라는 점과 아빠가 아들에게 바라는 점을 서로 써서 읽고 발표하는 시간이었다. 생각보다 아이들이 아빠에게 바라는 점은 지극히 한정적이었다. 스마트 폰 사용 시간을 더 늘려달라는 것, 나와 조금 더 놀아주는 것, 내 마음을 조금 더 알아주고 이해해주기를 바라는 것……. 그런데 발표가 끝나고 단체로 대화를 나눠보니, 동문서답을 하거나 마지못해 그러겠다고 하는 아빠들이 적지 않았다. 아이들이 알아주길 바라는 '내 마음'이라는 것을 이해하는 아빠가 별로 안 되는 듯 보여 안타까운 마음이 들었다. 여행을 나왔고 부자 캠프의 프로그램에 맞춘 활동을 하여 아이들과 잘 노는 듯 보였으나 막상 단체토론 식으로 대화를 나눠보니, 평소 대화가 아예 없거나 일방적인 대화를 하는 부자지간이 예상 외로 많았다. 어느 아빠와 아들은 평소 소통이 전혀 되지 않는 듯 보였다. 아이는 아빠에게 할 말이 많았던지 그 자리를 빌려 울먹이며 평소 아빠에게 하고 싶었던 말을 전했는데, 다행히 아빠는 앞

아들과 함께하는 동상동몽 부자 캠프를 통해
과연 지금 우리 가족이 동상이몽이 아닌 동상동몽을 하며
살고 있는지 돌이켜보게 되었다.

우리는 과연
다른 꿈이 아닌 같은 꿈을 꾸고,
같은 생각을 하며 살아갈 수 있을까?

으로 아이가 원하는 대로 바꾸어 나가겠다고 했다. 그 시간을 통해 다시 한 번 우리 부자를 돌아보게 되었다. 혹시 평소 일을 한다는 핑계로 소홀하지는 않았는지, 아들의 마음을 몰라주지는 않았는지 되새겨보았다. 여러 모로 나에게도 아들에게도 뜻깊은 시간이었다.

주위를 찾아보고 이런 프로그램이 있다면 꼭 한번 참여해보기를 적극 추천한다. 지자체에서 지원을 해주니 돈도 한 푼 들지 않고, 거기다 아이들과의 관계 또한 업그레이드 할 수 있다는 좋은 점이 많으니 참여하지 않을 이유가 없다. 나는 아들과 한 번 더 참여하고 싶어서 훗날 센터에 문의하기도 했다. 하지만 한 번 지원을 한 가족은 지원이 힘들다는 대답을 듣고 아쉬움을 삼켜야 했다. 좋은 추억을 또 한 번 만들어 보기 위해 다른 프로그램을 열심히 검색하고 있다.

선배에게 예전에 이런 이야기를 들었다. 서로 가족의 안부를 묻던 중 나는 선배에게 물었다.

"아이들 잘 커요?"

그런데 선배의 대답이 생뚱맞았다.

"아이들이 옆으로 크네."

"그게 무슨 말이에요? 옆으로 크다니."

"맨날 아이들이 잘 때 집에 들어가니 아이들이 깨어 있는 시간을 볼 수가 없어. 그래서 키가 위로 자라는 것은 모르겠고, 누워 있는 모습을 보니 옆으로는 계속 크고 있더라고."

조금 황당하지만 한편으로는 몹시 서글픈 대답이었다. 나는 선배를 통해 가정 내에서 아빠의 역할을 다시 한 번 생각하게 되었다. 그 선배는 주야간이 바뀌는 업무를 하느라 그럴 만도 했지만, 출퇴근 시간이 정해져 있는 삶을 사는 아빠들이라면, 물론 일이야 힘들겠지만, 잦은 회식과 취미생활로 인해 아이들이 옆으로 자라는 모습을 보고 있다면 한 번쯤 반성해야 하지 않을까.

의미 있는 일은 시간을 내서 해야 한다. 시간이 날 때 하려고 미루다가는 평생 해보지 못할 수도 있다. 나는 아들과 함께하는 동상동몽 부자 캠프를 통해 과연 지금 우리 가족이 동상이몽이 아닌 동상동몽을 하며 살고 있는지 돌이켜보게 되었다. 가끔 이심전심 게임이라도 해보자. 그렇게 다른 꿈이 아닌 같은 꿈을 꾸고, 같은 생각을 하며 살아갈 수 있도록 노력해보자.

23

자유롭게 떠날 수 있는
방구석 여행 1

여행이 좋은 것은 알지만 쉽게 떠날 수 없는 경우가 있다. 금전적인 문제가, 시간적인 여유가 발목을 잡기도 한다. 또한 여행을 하다 보면 예상치 못한 문제에 직면할 때도 있다. 여행이 가진 좋은 점들이 많지만 동전의 양면처럼 여행으로 인해 발생할 수 있는 고생이, 갈등과 문제점들이 또한 있게 마련이다. 이럴 때 여행으로 인해 발생할 수 있는 단점을 모두 해소하며 편안하게 여행할 수 있는 방법이 있다. 바로 기자가 되어 여행지로 떠나는 것이다. 기자놀이, 이것은 돈도 들지 않고 무엇보다 공간적, 시간적인 한계를 모두 극복할 수 있다는 장점이 있다. 가족 모두 여행을 좋아해서 자주 떠나긴 하지만 때로는 주말에 집에서 시간을 보내는 경우도 있다. 이럴 때 좀이 쑤신 아이들을 달래는 놀이가 바로 기자놀이이다. 아이들이 너무

나도 재밌어 해서 가끔 하곤 하는데, 아무리 해도 질리지가 않으니 강력 추천한다.

기자놀이는 아들이 초등학교 2학년이 되었을 무렵 갑자기 생각해낸 놀이다. 처음 시도한 놀이니만큼 긴 시간 동안 놀이를 했고, 아들도 나도 만족할 만한 시간을 가졌다. 기자놀이는 일단 주제가 없다. 아니 주제가 없는 것이 아니라 어떤 주제라도 무방하다. 장소 또한 마음대로 정할 수 있다. 스스로 만들어가는 여행이라는 점이 좋고, 무엇보다 아이들의 상상력을 무한히 끌어올릴 수 있다는 장점이 있다.

놀이 방법은 생각보다 간단하다. 부모는 메인 앵커가 되어주고, 아이는 현장에 나가 있는 기자 역할을 한다. 실제 뉴스에서 보도본부에 있는 앵커가 기자에게 질문을 하면 현장에 나가 있는 기자가 대답을 하듯, 아빠가 아이에게 여러 질문들을 하면 아이가 대답하는 방식으로 놀이가 진행된다. 놀이 전 기자가 나가 있을 장소와 상황을 정한 후 질문을 시작하면 된다. 물론 상황 설정을 하지 않고 갑자기 시작해도 되는데, 이때는 아이가 기습 질문에 당황할 수도 있다는 것을 염두에 두어야 한다.

먼저 어딘지 물어보고, 이어서 뭐 하냐고 물어보고, 또 누구와 인터뷰 했는지를 물어보며 즉흥적으로 상황을 만들어가기 때문에 아이들의 두뇌 발달과 상상력 자극에 상당한 도움이 된다. 거기에 예상치 못한 엉뚱한 질문과 대답으로 인한 박장대소는 덤으로 따라와서 시간 가는지 모르고 하게 된다. 한 가지 단점은 너무 재밌어서 아이들이 시도 때도 없이 해달라고 한다는 것. 따라서 각자 알아서 조율해야 한다.

아들과 함께했던 기자놀이 중 한 대목을 소개한다.

"홍길동 기자, 지금 나가 있는 곳이 어디죠?"

"네. 지금 여기는 우주정거장입니다."

"현지 날씨는 어떤가요?"

"아, 네. 지금 여기는 비가 내리고 있습니다."

"비요? 우주에도 비가 내리나요?"

"아! 흠……. 이곳은 좀 특수한 곳이라서 비가 가끔 내립니다. 지구에서 내리는 것과 같은 비가 아니고 약간 안개 비슷하게 스모그 같은 비가 조금씩 내리고 있습니다."

"네. 이해가 잘 안 되지만, 아무튼 그렇군요. 그런데 그곳엔 왜 가셨나요?"

"네. 외계인과 접촉을 하려고 왔습니다. 그런데 외계인이 보이지 않는군요."

이런 식으로 질문과 대답을 계속 이어간다. 아이가 터무니없는 대답을 해도 괜찮다. 장소와 상황에 제한을 둘 필요도 없다. 시공간을 초월하는 것이 기자놀이다. 우주정거장, 축구장, 화재현장, 나이아가라 폭포, 63빌딩 옥상, 폭동 현장, 지구 한복판 마그마, 화산지대, 10km 깊이의 심해 등 다소 황당한 장소를 이야기하더라도 메인 앵커는 침착하게 대답을 받아 질문을 이어나가야 한다. 기자가 나가 있는 현장에 대한 소재가 다 떨어지면 자연스럽게 현장을 다른 곳으로 바꾼다. 그럼 우주정거장에 있던 기자는 순식간에 파리의 에펠탑으로 갈 수도 있고, 이집트 피라미드 앞에 서 있을 수도 있다.

한 단계 수준 높은 기자놀이를 하려면 사전에 뉴스를 보거나 들으며 정보를 수집한다. 책이나 인터넷을 보며 정보를 수집해도 좋다. 기자놀이를 통해 얻는 것으로는 상상력, 언어, 사고방식, 게임 상대와의 유대감, 일반상식, 순발력 등이 있다. 아이도 부모도 함께 성장하며 재미있게 놀 수 있는 효율적인 방법이다.

어느 날은 아프리카에서 표범을 만나다가 갑자기 하와이에 가 있고, 어느 날은 캘리포니아에서 트럼프와 스티브 잡스를 만나고 있다가 갑자기 북미정상회담이 열린 베트남으로 가 있는 김정은을 만나 인터뷰를 한다. 간헐적 단식을 하느라 음식을 많이 남긴 트럼프에게서 받은 싱싱한 해산물을 김정은에게 나눠준다는 아무말대잔치를 한다. 어릴 때부터 해서 그런지 가끔씩 기자놀이를 해도 감을 잃지 않고 황당한 설정을 하며 재밌게 잘 노는 아이들을 보면 기특할 따름이다.

방구석 여행이 무슨 여행이냐고 말할 수도 있다. 현지에서 보고 듣고 느끼는 여행이 가장 값진 여행이라는 것에는 이의가 없다. 하지만 우리는 에펠탑에 가보지 않고도 에펠탑의 아름다움을 느낄 수 있고, 하와이에 가보지 않고도 알로하를 연발하는 하와이언을 떠올릴 수 있고, "'모히또'에 가서 '몰디브'를 한잔하는" 달콤함을 느낄 수도 있다. 기자놀이를 하며 즐기는 방구석 여행은 현지에서 하는 여행을 대체할 수 있는 하나의 좋은 수단일 따름이다.

사실 좋은 부모가 되는 길은 멀리 있지 않다. 사소한 것이라도 아이들과 함께 시간을 보내는 것이야말로 좋은 부모가 되는 지름길이라는 생각이 들었고, 그렇게 실천하고자 노력하고 있다. 아이와 함께할 수 있는 놀이는 정말 많다. 하지만 많은 부모들이 아이와 어떻게 놀아주는지 방법을 몰라서 못 놀아주기도 한다. 어른들보다 아이들이 새로운 놀이를 잘 만든다. 따라서 아이가 만든 놀이를 함께해보는 것도 좋은 방법이다. 부모와 아이가 머리를 맞대고 새로운 놀이를 만들어서 함께해본다면 금상첨화일 테다.

인간의 상상력은 무궁무진하다. 상상력을 동원한 방구석 여행은 일단 돈도 들지 않고, 그야말로 무한한 상상력을 발휘하여 아이들과 가장 쉽고 재밌게 즐길 수 있는 여행이다. 여행을 떠나고 싶은데, 너무 늦은 한밤중이거나 궂은 장마철이거나 기타 여건들이 되지 않아 여행을 떠날 수 없을 때 한번 시도해보면 좋다. 그때 비로소 기자놀이의 위력을 알 수 있을 것이다.

기자놀이를 시도하려는 독자들에게 한 가지 팁을 공유한다. 이 놀이에 한번 빠지면 수시로 하자고 해서 피곤해질 수도 있다. 아이가 계속하자고 조르면 오늘은 뉴스시간이 끝났다고 말하고 내일 뉴스를 생각하면서 자자고 하면 된다. 분명 아이는 잠자리에서 기대감에 부풀어 내일 다시 할 기자놀이를 생각하며 끊임없는 상상의 나래를 펼치며 행복한 숙면을 취할 수 있을 것이다.

여행은 거창한 것이 아니다. 바쁜 일상 속에서 잠시 여유를 내어 즐길 수 있는 짧은 여행도 있고, 상상만으로 가능한 여행도 있다. 또 여행은 여행을 하는 순간만이 여행이 아니다. 여행을 떠나기 진 준비하는 과정과 여행을 다녀와서 현지에서의 추억을 회상하며 마무리를 하는 시간도 모두 여행이다. 여행 준비 → 여행하는 시간 → 여행을 정리하는 시간이 모두 합쳐져서 하나의 온전한 여행이 되는 것이다.

또한 내 몸이 여행지에 가 있는 육신의 여행이 아닌, 기자놀이처럼 상상력을 동원해서 하는 정신의 여행 또한 넓은 의미에서 여행이라고 할 수 있다. 아이들과 함께하는 기자놀이를 통해 충분히 연습을 하고 나면 상상력이 무한히 확장된 것을 느낄 수 있다. 그 후 지난 시간 자신이 했던 여행의 순간을 한번 떠올려보자. 그럼 지금 이 순간 이미 그곳을 여행 중인 것을 경험할 수 있을 것이다.

혹시 아는가? 우리가 기자놀이를 통해 상상으로 했던 여행지에 어느 순간 아이들이 정말 발을 딛고 있을지…….

24

자유롭게 떠날 수 있는
방구석 여행 2

여행을 가지 않고도 여행을 즐길 수 있는 방법이 또 있다고 한다면 과연 믿겠는가? 결론부터 말하자면 있다. 현지의 경험과 감동을 고스란히 느낄 수는 없겠지만 그에 버금가는 여행을 즐길 수 있는 방법이 있다. 돈 한 푼 들이지 않고 시간 또한 절약할 수 있는 기가 막힌 여행이 있다.

인터넷 지도를 통한 여행이 바로 그것이다. IT기술이 발달하여 지도의 해상도가 놀랄 만큼 좋아졌다. 이제는 책상 앞에 앉아서도 인터넷 사이트에서 제공하는 지도를 이용해서 시골 마을의 골목까지도 자세히 볼 수 있는 시대가 되었다. 이 얼마나 편리하고 또 멋진 세상인가.

여행을 가고 싶었지만 떠날 수 없었던 어느 날 저녁, 아들이 인터넷 지도를 한번 보자고 제안했다. 아들과 함께 컴퓨터 앞에 앉아서 구글맵을 화면에 띄워놓고 검색을 하기 시작했다. 우리나라에도 아직 가보지 않은 곳들이 너무 많았고, 외국은 더군다나 그러했다. 우리는 그렇게 구글맵을 통한 여행을 시작했다. 이전에 가본 곳들로부터 시작해서 아직 가보지 않은 곳으로 점점 나아갔다. 항공뷰와 거리뷰를 이용하여 마치 현지에서 보는 듯한 체감을 하며 이곳저곳을 둘러보았고, 처음 해보는 지도여행에 아들도 나도 흥미로움을 감출 수 없었다.

먼저 내가 다녀온 장소로 이동하여 설명을 해주었다. 이후 아들이 다녀온 곳을 둘러보며 자세한 설명을 들었다. 아들은 본인이 다녀온 여행지가 지도에 너무나 선명하게 보이는 것을 보고 연신 "우와~"를 연발했고, 그건 나 역시도 마찬가지였다. 선진국이야 그렇다 쳐도 인도나 네팔의 오지까지 구글맵으로 볼 수 있다는 것에 우리는 혀를 내둘렀다.

"아빠, 근데 재미는 있는데 금방 지루해진다. 확실히 여행은 이렇게 하는 것보다는 직접 다니는 게 진리인 것 같아."

"아무래도 그렇지. 우리가 지금 여행을 못가니까 이렇게 대리만족을 하는 거지. 그렇지만 사랑하는 아들아. 사람은 가장 밑바닥부터 가장 꼭대기까지 모든 것을 다 경험해보는 것이 좋지 않을까. 구글맵을 통해서 하는 방구석 여행이지만 이런 지도 여행을 하면서 지금 아들이 느끼는 것처럼 실제로 하는 여행의 귀중함을 깨닫잖아. 안 그래?"

"히히. 그렇긴 하지. 가끔 이렇게 지도 여행을 해보는 것도 재밌을 것 같긴 해. 아빠, 아프리카 한번 가볼까?"

"그럴까? 조안나 삼촌이 살고 있는 아프리카로 한번 떠나보자. 자! 이쯤인가?"

선교를 위해 10년 전 아프리카로 떠난 지인이 살고 있는 마다가스카르로 지도를 옮겨 아들과 한참을 둘러보았다. 마다가스카르에 있는 지인에게 연락을 해서 주소를 물어본 뒤 검색을 해보니 생각보다 번화가인 그곳의 모습을 볼 수 있었다. 아프리카의 초원을 상상했던 우리의 생각과는 달리 수영장이 딸린 집도 있었고, 호텔도 볼 수 있었다. 가만히 자리에 앉아서 그런 것들을 구경할 수 있다니 참으로 요지경 세상이다.

문득 이런 생각이 들었다. 만약 세월이 지나 아들의 아들이 외국 여행을 가게 된다면 가상현실을 통해 여행지를 다 둘러보는 예습을 하고 난 후 여행을 떠나는 날이 오지 않을까.

기상이 좋지 않거나 너무 늦은 밤. 여행을 떠나기 힘들 때 지도 여행을 한번 해보면 어떨까. 처음 만나는 곳이라면 새로울 것이고, 가본 적이 있는 곳이라면 예전 여행의 추억을 다시 한 번 떠올릴 수 있을 것이다. 기술이 발달한 세상에서 사는 우리가 누릴 수 있는 특혜가 아닐 수 없다.

25

왜 나를 나이 들게 두는가?

우리가 자주 가는 장소 중 한 곳이 강원도 홍천이다. 지인의 집이 있어서 조용히 편하게 쉴 수 있어 종종 이용한다. 강폭이 50m쯤 되는 집 앞 물가는 강 건너까지도 걸어갈 수 있을 정도로 수심이 깊지 않다. 날씨가 따뜻해지면 다슬기를 많이 볼 수 있어서 이날은 아들과 함께 냇가에서 다슬기를 잡고 있었다. 경험해본 사람은 알겠지만 허리를 숙여 다슬기를 잡는 것은 생각보다 고된 일이다. 한동안 다슬기를 잡다가 아들이 힘들다며 슬슬 밖으로 나가는 것이었다.

"어어, 사랑하는 아들. 어딜 가니? 계속 잡아야지."

"아이고, 허리야. 아빠, 나도 이제 늙었나 봐. 나 중학교 2학년이야. 후배들이 이제 나보고 다 인사해."

"하하. 아들이 벌써 중학교 2학년이 되었구나. 그래. 많이 늙었네. 젊은 아빠가 마저 잡을 테니까 아들은 좀 쉬어."

"에이, 그럼 안 되지. 쫌만 더 잡을까? 히히."

아들이 늙었다는 소리를 하니 문득 나이 든다는 것에 대해 생각하게 되었다.

내가 초등학교 5학년 무렵이었다. 두 살 많은 누나와 함께 집 앞 제과점에 가기 위해 건널목 앞에서 신호를 기다리고 있을 때였다. 그 당시 누나가 무슨 고민이 있었는지 정확히 기억나지는 않지만 나에게 힘들다는 말을 했다. 그래서 나도 힘들다고 하니, 초등학생이 뭐가 힘드냐며 핀잔을 주길래 내가 이렇게 말했다.

"초등학생은 초등학생대로 힘든 게 있고, 중학생은 중학생대로 힘든 게 있어. 왜 초등학생은 힘들지 않다고 생각해? 누나는 초등학교 때 힘든 게 없었어?"

누나는 아무 대답을 하지 못했다.

부산에 사시는 나의 아버지는 평생 목욕탕 때밀이를 이용하시지 않았다. 사람이 사람을 혹사시키는 것 같다는 이유 때문이다. 자식이 자라면서 부모의 영향을 많이 받는 것은 사실이나 부모 자식 간이라 하더라도 가치관의 차이가 있을 수 있다. 나도 예전에는 사람을 혹사시키는 듯해 목욕탕 때밀이를 이용하지 않았다. 하지만 여행을 하면서 생각이 조금 바뀌었다.

인도에는 '사이클릭샤'라는 것이 있다. 사이클릭샤는 자전거를 개조해서 만든 탈것인데, 운전사가 자전거를 타듯이 운전하며 뒤에 사람을 태우고 다닐 수 있는 '자전거 인력거'이다. 나는 확실히 아버지의 영향을 받았던지 사람을 혹사시키는 것이 싫어 처음 인도를 갔을 때만 해도 사이클릭샤를 타지 않았다. 오토바이를 개조해서 만든 '오토릭샤'만 이용했다. 하지만 시골로 가면 갈수록 오토릭샤는 눈에 띄지 않아서 할 수 없이 사이클릭샤를 이용하게 되었다. 처음에는 죄책감이 들었지만 릭샤꾼들과 이야기를 해보니 손님을 태우면 당연히 힘이 들긴 하지만 릭샤를 이용하는 손님들이 많아야 자기들도 먹고살기 때문에 많은 손님을 태우는 것이 좋다고 했다. 어차피 내가 이용하지 않아도 다른 사람들이 이용할 것이고, 릭샤꾼들도 생계를 위해 수입이 많은 것이 좋겠다는 생각이 들어서 그때부터는 가급적 오토릭샤보다는 형편이 더 딱한 사이클릭샤를 이용하게 되었다.

그 후 사우나 때밀이도 가끔 이용하곤 한다. 사실 아버지가 맞는 것도 아니고 내가 맞는 것도 아니다. 여하튼 많은 생각과 고민 끝에 결정 내린 후 이용하는 것이라 '삶을 참 피곤하게 살고 있지는 않나' 하는 생각이 들기도 한다. 하지만 삶의 이런 사소한 부분에도 많은 생각과 고민을 하며 진지하게 철학적인 사고를 할 수 있게 화두를 던져준 아버지가 있었기에 이렇게 피곤하지만 많은 생각을 하며 사는 지금의 내가 있지 않나 싶다.

어느 날 아버지께서 지인이 제사를 지낼 때 한글 지방을 사용한다면서 나에게도 한글 지방 쓰는 것을 한번 생각해보라고 권유를 했다. 사실 '현조고학생부군신위: 顯祖考學生府君神位'라는 뜻을 인터넷에서 찾아보기는 했지만 무슨 말인지 아직도 잘 알 수가 없다. 아버지의 권유는 지극히 현실적이었고, 한글 지방을 쓰면 나도 아이들도 무슨 뜻인지 쉽게 알 수 있었기에 그다음 제사부터 바로 한글 지방으로 바꾸었다. "경자년 00월 00일(음력 00월 00일) 밀양 박씨 00공파 홍길동과 가족이 000할아버님의 기일을 맞아서 삼가 영가를 모시고 경건한 마음으로 절하며 명복을 빕니다"라는 한글 문구로 바꾸어 지방을 사용하니 아이들도 본인의 뿌리를 알고 제사의 의미를 알게 되어 좋았다.

그 후 몇 번의 제사가 지나고, 아버지는 나에게 또 한 가지 제안을 했다. 음력 설날은 연휴가 기니 다음 설날부터는 양력 설날을 지내는 것이 어떻겠냐고 말이다. 설날 연휴가 긴 음력설에는 부모님과 함께 여행을 가든지 다른 의미 있는 일을 할 수 있을 것 같아서 다음 설날부터는 그렇게 하기로 했다. 연세가 있으신 데도 불구하고 생각이 명쾌하고, 젊은이보다 더 젊은 생각을 하시는 것 같아서 한 번씩 깜짝깜짝 놀라곤 한다.

어머니는 늦은 나이에 공부를 시작해서 대학까지 졸업하셨다. 지금은 강의도 하시며 인생 2막을 즐기고 있다. 나는 아무래도 나이를 떠나 젊게 사는 이런 부모님의 영향을 크게 받은 듯하다. 지금까지 살아오며 "이 나이에 무슨!"이라는 나이 핑계를 한 번도 대지 않는 부모님을 보면, 필시 인생에서 무언가를 함에 있어서 나이가 그다지 중요하지는 않은 듯하다.

2020년 미스 독일은 35세 아기엄마였다. 그녀는 본선대회에서 다음과 같이 소신을 밝혔다.

누군가에게 너도 내 나이 되어보라고 하는 사람은
상대가 그 나이가 되면 똑같은 이야기를 되풀이한다.
가장 중요한 것은 나이 따위는 생각지 말고,
바로 지금 이 순간 최선의 생활을 하는 것이 아닐까.

"35, 45, 65세의 여성도 여전히 아름답습니다. 아름다움은 곧 품
성이고, 품성은 대부분 삶의 경험으로부터 생기기 때문입니다."

아름다움에 대한 당당한 소신이었다. 십대나 이십대가 주를 이루
는 미스 독일 선발대회에 35세에 나갈 생각을 했다는 것부터가 존
경스럽다. 스스로 나이의 한계를 두지 않았기 때문이 아닐까.

우리는 "상대의 입장에서 먼저 생각하라"는 말을 많이 듣고 살아
간다. 분명 좋은 말임에 틀림없고, 그렇게 살면 좋다는 것을 알고는

있지만 현실은 그렇게 살지 못하는 경우가 많다. 왜냐하면 인간 가치관의 가장 우선순위에는 본인이 자리 잡고 있기 때문이다. 내가 없는 세상은 상상할 수조차 없다. 아니 내가 없는 세상은 존재하지 않는다. 내가 있어야 세상도 있는 법이다. 세상은 나를 중심으로 돌아가기 때문이다.

물론 동물 중 유일하게 이타심을 가지고 있다는 인간을 폄하하려는 뜻은 아니다. 단지, 인간의 원초적인 본능과 이 세상에서 유일한 '나'라는 존재가 살아서 숨 쉬고 있는 것이 삶의 근원이자 생각의 시작이라는 사실에 입각해서 하는 말이다. 분명 이타적인 사람들을 많이 볼 수 있다. 하지만 그조차도 이타심을 발휘할 수 있는 '나'라는 존재가 있기에 가능한 것이다. 세상의 중심이자 삶의 이유인 '나'를 나이 들게 두지 말자.

사회초년생이 되면 학생들을 보며 좋을 때라고 말한다. 중년이 되면 젊은이들을 보며 좋을 때라고 하고, 노년이 되면 중년을 보며 좋을 때라고 한다. 그렇게 보면 사실 우리 삶에서 좋지 않았던 때는 없다. 우리에게 가장 좋았던 때는 바로 지금 이 순간이다.

누군가에게 너도 내 나이 되어보라고 하는 사람은 상대가 그 나이가 되면 똑같은 이야기를 되풀이한다. 그렇게 평생을 살아간다. 괜히 스스로를 나이라는 틀에 구속시킬 필요가 없다. 나이는 숫자일 뿐이라는 말이 있듯이 도전하지 않는 젊음은 도전하는 노년보다 나을 것이 없다. 젊음과 노년의 경계를 결정짓는 것이 과연 무엇일까. 칠십대의 연륜과 삼십대의 가슴을 가지고 살도록 노력할 필요가 있다. 정말 멋있는 삶은 노년이 되어서도 젊은 마인드를 가지고 도전하며 살아가는 삶이 아닐까. 괜히 젊었을 때부터 스스로를 미리 꼰대로 만들 필요는 없다.

인생을 바꾸는 것은 오직 본인의 행동과 그것을 뒷받침하는 생각이다. 생각과 행동이 충동적으로 일어나는 일회성인지 연속적이고 일상적으로 일어나는 습관인지가 중요하다. 내가 어느 쪽을 선택하느냐에 따라 내 인생이 달라진다. 가장 중요한 것은 나이 따위는 생각지 말고, 바로 지금 이 순간 최선의 생활을 하는 것이 아닐까.

내 삶의 가장 젊은 때인 바로 지금 이 순간 새로운 무언가에 한번 도전해봐야겠다. 한 번뿐인 인생이니까.

26

독서모임을 통한
인문학 여행

"아들, 이번 주 토요일에 여행 갈래?"

"잉? 어디?"

"이번 여행은 멀지 않은 곳으로 떠나는 인문학 여행. 어때?"

"인문학 여행? 그게 무슨 말이야? 어디 가려고?"

"하하. 그런 곳이 있어. 이번에는 묻지도 따지지도 말고, 그냥 따라와 보면 알아. 정말 색다른 여행이 될 거야. 책과 함께하는 여행."

2019년 1월. 우연히 알게 된 독서모임에 나가 보았다. 난생처음 나간 독서모임은 나와 아들에게 경이로움을 주기에 충분했다. 아침 7시가 채 되지 않은 시간에 도착한 독서모임에는 벌써 많은 사람들이 자리를 잡고 앉아 있었고, 나도 아들과 맨 앞에 자리를 잡고 앉았다. 7시부터 시작된 독서모임은 '신규멤버 소개 – 독서 토론 – 조장

발표 - 저자 강의' 순서로 이어졌다. 처음 나가본 자리라는 어색함을 떨칠 새도 없이 짜임새 있게 이어진 프로그램은 두 시간을 그야말로 '순삭'시켜버리기에 충분했다.

꿀맛 같은 토요일 아침 단잠을 포기하고, 독서모임에 나오는 사람들은 정말 별난 사람들이다. 누가 시키지도 않았는데, 지적 갈증을 해소하기 위해 스스로 원해서 나오는 독서모임의 인원들은 그야말로 하나같이 별나고, 또한 별처럼 빛나는 사람들이었다. 누가 시켜서 하면, 아니 돈을 주면서 하라고 해도 이 짓을 왜 하냐며 불만을 터트릴 텐데, 자진해서 토요일 새벽부터 시작하는 독서모임에 참석하다니……. 참 세상엔 우리가 미처 모르고 사는 일들이 많았다. 그렇게 모임의 대열에 합류한 아들과 나는 독서모임이라는 새로운 여행을 시작한 것에 만족했고, 나오길 잘했다는 스스로에 대한 뿌듯함과 앞으로의 기대감으로 서로를 바라보았다.

"사랑하는 아들. 나오길 잘했지? 소감은?"

"아빠, 세상엔 우리가 모르는 일들이 정말 많은 것 같아. 이 이른 시간에 이렇게 많은 사람들이 모인다는 게……. 와! 친구들한테 말해주면 거짓말이라고 할 것 같아."

"하하. 아빠도 주위에 이야기를 하면 거짓말이라고 할 것 같은데? 아빠랑 느끼는 게 비슷하네. 우리 둘 다 새로운 경험을 했으니, 이제 책을 통한 여행을 잘 한번 해보자."

"에이, 책을 읽는 게 무슨 여행이야?"

"하하, 아들아. 인간만이 가지고 있는 무한한 상상력을 이용해서 책을 읽으며 느낀 것을 바탕으로 상상여행을 떠날 수가 있지. 우리가 기자놀이하는 거랑 비슷해. 처음엔 어색하겠지만 같이 한번 해보자."

"오케이. 뭐 재밌을 것 같기도 하고."

아들과의 합의를 거친 후 독서모임에 몇 번 더 나가고 나서야 이래서 될 일이 아니라는 것을 깨달았다. 이 좋은 모임을 아들과 단둘이 다닌다는 것이 너무나 아까웠다. 그 생각이 들자마자 온 가족과 함께 나가기 시작했다. 그곳에서 건강, 인문학, 철학, 경제, 자기계발 등 다양한 책들을 만날 수 있었고, 그 책을 쓴 대단한 저자들을 만나게 되면서 나와 아들의 인생은 조금씩 바뀌기 시작했다. 혼자 읽고, 느끼고, 행하던 책의 감동을 이제는 함께 향유할 수 있는 좋은 사람들이 생긴 것이었다.

한 달에 두 번, 매달 둘째 주와 넷째 주 아침에 하는 독서모임에서는 참 다양한 일을 하는 많은 사람들을 만날 수 있었다. 그 만남은 나와 우리 가족에게 삶의 신선한 자극이 되었다. 세 사람이 걸어가면 그중 반드시 스승이 있다는 말이 있다. 다양한 직업을 가진 사람들이 모인 만큼 스승이 될 만한 사람 역시 많았고, 그 말에 부합하듯 그곳에서는 서로를 '멘토'라는 호칭으로 불렀다.

허울뿐인 멘토가 아닌 누군가에게 진정한 멘토가 되기 위해서는 스스로를 더 열심히 갈고 닦아야 했다. 그 후 우리는 더 많은 독서와 토론을 통해 스스로를 성장시켜 나갔다. 그전에도 책을 읽기야 했지만 독서모임을 나가면서 책을 읽는 양이 두 배 이상 늘었고, 다양한 책을 읽으며 아들과 함께 지식의 바다에서 나누는 지적 대화가 더 많아졌다. 또한 같은 책을 읽고서 다양한 해석을 하는 사람들과의 대화를 통해 다시 한 번 사색의 시간을 즐길 수 있었다. 혼자라면 하기 힘든 일을 집단지성으로 가능하게 만들어준 것이다.

나와 아들에게 독서모임의 중요성을 일깨워준 인생 최초의 독서모임은 지혜와 인연의 나루터 '사색의향기 독서포럼 마포나비소풍'이다. 100회를 훌쩍 넘겨 한강이북汉江以北 최고의 독서모임으로 자리 잡은 이 독서모임을 통해 많은 영감을 얻었다.

독서모임을 꾸준히 나가다 보니 내가 사는 지역에도 이런 좋은 모임이 있으면 좋을 듯했다. 나는 그 생각을 바로 실천에 옮겼다. 저자 특강과 함께하는 독서모임이라는 주제를 그대로 가져왔고, 그렇게 '사색의 향기 독서포럼 광명하늘소풍'이 시작되었다. 인터넷에서 '하늘소풍'을 검색하면 "고인의 가시는 길을 편안히 모셔드립니다"라는 문구와 함께 납골당과 장례식장이 많이 검색된다. 비록 고인의 가시는 길을 편안하게 모셔드리지는 못하지만 '광명하늘소풍'이 함께하는 분들의 삶의 여정에 조그만 기적을 일으킬 수 있는 작은 불씨 같은 역할을 할 수 있다고 믿는다.

그렇게 시작된 한강이남汉江以南 최고의 독서모임이 되기를 바라는, 인문학과 지혜의 산실 '광명하늘소풍'은 지금도 매달 셋째 주 토요일 오전 10시부터 12시까지 모임을 꾸준히 하며, 책을 사랑하는 사람들의 지적 수준 향상과 독서 인구 증대를 위해 노력 중이다. 기다리는 자에게는 기회가 오지 않는다. 기회를 만나기 위해서는 먼저 행동해야만 한다. '마포나비소풍'과 '광명하늘소풍'을 만나기 위해 주말 아침 한번 움직여보자. 그리고 독서모임을 통한 여행이 정말 가능한지 한번 확인해보도록 하자.

딸과 아버지의 시간 1

열 손가락 깨물어 아프지 않은 손가락이 어디 있겠는가. 아들딸 할 것 없이 누구나 자식은 사랑스럽고, 예쁘고, 소중하기 마련이다. 세상에 나오자마자 인큐베이터에 들어가 생사의 기로를 넘기고, 건강하게 자라고 있는 아들의 건강에 대한 각별한 관심 때문인지 상대적으로 딸에게 기울이는 관심이 덜한 듯하여 늘 미안한 마음을 가지고 있다. 그런 것을 아는지 모르는지 태생적으로 무한 긍정인 딸은 항상 장난치고 웃음이 떠나지 않는 밝은 얼굴로 자라 와 고마움과 미안함을 동시에 가지고 있다.

《아들과 아버지의 시간》을 책으로 쓴다고 했을 때도 딸은 별로 섭섭한 티를 내지 않았다. 책을 기획하는 동안 누구보다도 적극적으로 아이디어를 제공해준 사람은 딸이었다. 섭섭하고 억울한 티라도 내면 그나마 덜하겠지만 늘 밝은 모습으로 아무렇지 않게 생활하는 딸을 보면 더 미안한 마음을 가질 수밖에 없다.

사람은 보통 어린 시절 겪었던 트라우마를 평생 가지고 살아가는 경우가 많다. 트라우마라 할 만한 나쁜 기억은 아니지만, 나 역시 어린 시절 외국 드라마나 영화에서 보았던 장면이 평생 동안 머리에서 맴돌았다. 외국 드라마나 영화를 보면 아이들이 잠들기 전 항상 엄마나 아빠가 아이 곁에 누워서 아이가 잠들 때까지 책을 읽어주는 것이었다. 그 모습이 너무도 좋아 보여 나도 나중에 아이가 생기면 잠들기 전에 꼭 책을 읽어주리라 다짐을 했다.

아이들이 태어나고 난 후 그 다짐을 되새기며 아이들에게 책을 읽어주었다. 어릴 적부터 습관이 되어서 그런지 사랑하는 딸은 매일 밤마다 내가 먼저 책을 읽어주지 않으면 책을 읽어달라고 난리였다. 평소에는 책을 읽을 때 가급적 서울말로 읽어주면서 여러 목소리로 성대모사를 해서 읽어준다. 그런데 어느 날은 《여왕개미가 된 아기개미》라는 책을 부산 사투리를 써가며 읽어줬더니, 그 상황이 웃겼던지 둘이 서로 마주보며 한참을 웃었다.

더 웃긴 건 서울에 올라온 지 20년이 다 되어가는 나도 이제 점점 서울 사람이 되어가는 것인지 일부러 사투리를 좀 더 심하게 써서 책을 읽어주었더니 부산 사투리가 어색하게 나오는 것이었다. 하지만 그건 나 혼자만의 생각이었던지 딸은 부산 사투리로 책을 읽는다고 웃으며 뭐라고 했다. 그래서 나는 각 지방 사투리를 다 섞어서 책을 읽어주었는데, 서로 마주보고 웃느라 시간을 다 보냈다. 덕분에 그날 책의 내용은 머릿속에 하나도 들어오지 않았다.

딸이 초등학교 5학년일 때 나는 딸에게 피아노를 배워야겠다고 생각했다. 레슨비를 주며 피아노를 배우면 아이는 용돈을 벌어서 좋고, 나는 시간이 날 때 아무 때나 편안하게 배울 수 있어서 좋을 듯했다. 피아노 레슨 이야기가 끝나자마자 욕심 많은 딸은 아빠에게 피아노를 가르쳐줘야 한다며 자기 방에서 피아노 책을 스무 권 정도 가지고 나왔다. 깜짝 놀란 나는 딸을 진정시켰고, 한 권씩 천천히 하자고 달랬다. 열정적으로 아빠를 하드 트레이닝시키려고 노력하는 사랑하는 딸의 열정이 대견스러우면서도 한편으로는 무서웠다. 그 무서움 때문인지 피아노 레슨은 아쉽게도 첫날 종강을 맞이했다.

아들이 초등학교 시절 한창 바둑 공부로 바쁠 때 딸과의 여행을 계획했다. 여행은 보통 가족여행 아니면 아들과 단둘이 떠나는 여행이었다. 딸과 단둘이 떠난 여행은 상대적으로 적었기에 딸과 함께 무작정 떠난 1박 2일의 여행길은 의미가 남달랐고, 즐거움도 특별했다. 성격이 쾌활하고, 항상 긍정적인 딸은 어린 시절부터 낚시를 가르쳐준 덕분인지 여행을 하는 데 있어서 늘 낚시가 빠질 수 없다. "어디로 여행을 갈까?"라고 물어보면 늘 주저 없이 "낚시"라고 대답한다.

단둘이 서해안으로 떠나 방파제에서 낚시를 했다. 솜사탕을 사먹고 산책을 하며 딸과 아버지의 시간을 즐겼다. 아이들이 어릴 때부터 잠들기 전 책을 읽어주고, 이야기를 많이 나눠서 그런지 아이들

딸은 상상력이 너무도 풍부하다. 아들보다 나를 더 닮은 사람이 딸이다.
나이가 들어가며 아들보다는 딸과 함께할 수 있는 시간이
줄어들 것 같다는 불안감이 나를 감싼다.
더 크기 전에 딸과 함께하는 시간을 많이 만들어야 하겠다.

이 질문이 많아서 좋다. 아이들을 키우며 아이도 나도 함께 성장하는 기분이 들어 고마울 따름이다.

딸은 호기심 천국이라 끊임없이 질문을 한다. 그리고 나를 부를 때 꼭 습관처럼 '아빠빠빠'라는 호칭을 쓴다.

"아빠빠빠. 왜 이렇게 고기가 안 잡혀?"

"아빠빠빠. 여기는 왜 이렇게 갯벌이 넓어? 왜 하루에 두 번씩 물이 생겼다 사라졌다가 해?"

"아빠빠빠. 솜사탕은 어떻게 만들어져?"

한 번씩 엉뚱한 질문을 던져서 대답을 못해 당황스러운 경우가 가끔 있다. 미처 대답하지 못하는 경우에는 집에 가서 함께 찾아보자고 하며 관심을 딴 데로 돌리는 것도 방법이었다.

여자아이라 그런지 딸과 여행을 하다 보면 가장 큰 고민이 화장실이다. 간이 화장실을 가지고 다니기에는 나의 귀차니즘이 너무도 컸다. 아직 어린아이라 시도 때도 없이 화장실을 찾으면 나는 딸과 함께 화장실을 찾아다니느라 진땀을 흘린다. 그래서인지 딸과 여행을 할 때면 가급적 화장실 사용이 편리한 곳을 선택하게 되고, 그만큼 여행을 할 수 있는 장소의 폭이 줄어들기 때문에 조금은 아쉬운 마음이 든다. 하지만 덕분에 쾌적한 곳으로 여행을 다닐 수 있다는 장점이 있다.

딸은 상상력이 너무도 풍부하다. 사실 아들보다 나를 더 닮은 사람이 딸이다. 그래서인지 딸의 어처구니없는 행동과 습관들이 이해가 된다. 아내는 이해하기 힘들어하지만 나를 닮은 딸을 보면 이렇게 나를 닮아서 고맙다는 생각이 들면서도 한편으로는 안 닮아도 될 것까지 닮아서 별난 DNA를 물려준 듯하여 미안한 마음도 든다. 이래저래 딸은 나에게 미안함과 고마움을 수시로 갖게 하는 존재이다.

장난꾸러기라 겁이 없을 법도 한데, 딸아이는 유난히 겁이 많다. 초등학교 6학년이 될 때까지 자전거를 타지 못했다. 자전거를 가르치려고 갖은 노력을 했지만 넘어지는 것이 겁이 나서 자전거를 배우지 못하는 딸을 보며 늘 큰 숙제 하나를 하지 못하고 있다는 듯한 생각이 들었다. 아이들에게 자전거를 가르쳐주는 것은 아빠가 할 수 있는 큰 의미 있는 일 중 하나이다. 딸이 6학년 되고 여름이 다가오던 날, 드디어 그 숙제를 해결했다. 학교 운동장에서 딸이 혼자 힘으로 자전거를 타게 된 것이다. 그날 딸은 나와 함께 기뻐서 펄쩍펄쩍 뛰며 좋아했다.

나이가 들어가며 아들보다는 딸과 함께할 수 있는 시간이 줄어들 것 같다는 불안감이 나를 감쌌다. 그래서인지 딸이 더 크기 전에 딸과 함께하는 시간을 더 많이 만들고자 노력하고 있다.

이번 주말에는 딸과 아버지의 시간을 한번 가져봐야겠다.

28

딸과 아버지의 시간 2

"재해가 발생하기 전에는 나에게 가족이 있다는 것과 내일이 온다는 것이 너무나 당연했다. 그러나 그것은 기적이다. 우리는 하루하루를 감사하며 살아야 한다."

일본 동북부 지방의 쓰나미 후 외동아들인 유치원생 라이토를 3일 만에 찾은 어머니 스키모토가 한 말이다.

우리는 흔히 익숙함에 속아 소중함을 잊고 살아간다. 건강할 때는 미처 알지 못하지만 손끝에 가시라도 하나 박히면 갖은 엄살을 떨고, 감기라도 걸리면 기침을 해가며 그제야 깨닫는 건강의 소중함도 마찬가지다. 딸은 나에게 그런 존재다. 가족의 소중함 중에서도 특히 딸의 소중함은 익숙함에 속아 이따금 소중함을 망각하는 나를 한 번씩 일깨워준다.

예쁜 딸이 지금 모습 그대로 내 곁에서 평생을 있을 듯 착각을 하며 살아왔다.
가족의 소중함 중에서도 특히 딸의 소중함은
익숙함에 속아 이따금 소중함을 망각하는 나를 한 번씩 일깨워준다.

　자연분만으로 건강하게 태어나 별 탈 없이 무난하게 자란 예쁜
딸이 지금 모습 그대로 내 곁에서 평생을 있을 듯 착각을 하며 살아
왔다. 아들에게 관심이 치우치는 바람에 상대적으로 딸에게 조금은
무관심해 보였던 듯하다. 그런 나의 모습을 수시로 반성하면서도 특
별할 것 없는 일상을 보내며 익숙함에 젖은 나는 딸에게 늘 그러했
다. 가끔 그런 무성의함에 대한 죄책감을 만회하려는 듯 딸과의 여
행을 계획했다.
　집에서 가장 가깝고 편하게 이동할 수 있는 곳이 서해안이다. 서

해안 갯벌에만 도착하면 딸은 정신이 없다. 음악과 그림을 좋아하고 자연을 무엇보다 사랑하는 딸에게 갯벌은 세상에서 가장 즐거운 놀이터다. 자연 생태계의 보고라고도 불리는 갯벌을 딸은 한시도 가만히 내버려두지 않는다. 드넓은 갯벌 여기저기를 뛰어다니며 눈에 잘 보이지도 않는 조개와 물고기를 잡느라 정신이 없다. 그저 자연을 사랑하는 것인지 아니면 생물들과 함께 살고 싶은 것인지 꼭 무언가를 잡아오면 집에 가져가서 키우겠다고 한다.

"아빠빠빠. 이거 봐. 나 이만큼 많이 잡았어. 나 이거 집에 가져가서 키울래."

"이야. 우리 딸 대단한데? 되게 많이 잡았네. 그런데 사랑하는 딸아. 우리 공주는 가족이랑 헤어지면 기분이 어떨까?"

"그럼 안 좋겠지. 슬프겠지?"

"그래. 이 아이들도 마찬가지야. 부모님이랑 같이 있다가 잠시 산책을 나왔는데 어마어마하게 큰 인간이 와서 자기를 잡아 머나먼 곳으로 데려가 버리면 많이 슬프지 않을까? 우리 집에 데려가면 금방 죽어버리니까 다시 집으로 돌아가서 가족과 행복하게 살 수 있도록 놓아주는 건 어떨까?"

"흠……. 알겠어."

못내 아쉬운 눈빛을 감추며 딸은 마지못해 대답을 했다. 그리고 다시 갯벌로 뛰어갔다. 갯벌에서 딸을 쫓아다니려면 보통 체력으로는 어림도 없다. 그 조그만 체격으로 어떻게 하루 종일 갯벌에 쪼그리고 앉아 무언가를 잡고 드넓은 곳을 여기저기 뛰어다니는지 모르겠다. 천성적으로 밝고 긍정적이고 에너지가 넘치는 딸이 그저 고마울 따름이다.

엉뚱한 짓을 하기 위해서는 엉뚱한 생각이 뒷받침되어야 한다. 나를 닮아서 그런지 딸은 종종 엉뚱한 생각에 따른 행동과 말로 우리를 웃음 짓게 만든다. 딸이 초등학교 4학년 무렵 수영을 배울 때였다. 옆 라인에서 친구가 땀을 흘릴 정도로 열심히 강사의 지도하에 수영을 하는 것을 보고 딸의 담당 강사가 딸에게 말했다.

"너도 열심히 연습하면 저 정도로 잘할 수 있어!"

그러자 딸이 하는 말이 명품이었다.

"왜 저렇게까지 힘들게 해야 하나요? 그냥 물놀이 하는 것처럼 재미있으면 되지요."

또 한 번은 이순신 장군 위인전을 읽고 감상문을 쓸 때였다. 보통 이순신 장군의 업적이나 성품에 대해서 본받을 점 등을 중점적으로 쓰는 것이 일반적인 감상문이다. 그런데 딸은 만화 이순신 장군을 읽고 이순신 장군이 발차기하는 장면을 묘사한 만화 컷이 너무 웃기고 재미있었던지 그게 가장 기억에 남는다고 썼다. 나는 그것을 보고 '우리 딸이 세상을 바라보는 관점이 참 특별하구나' 하고 느꼈다.

사랑하는 딸이 6학년이 되고서 학교에서 〈학생 학습 환경조사서〉라는 것을 받아왔다. 아이의 취미, 아이의 장래희망, 부모가 바라는 아이의 장래희망 등 아이에 대한 전반적인 사항을 써서 학교에 제출

하는 것이었다. 아내가 용지에 글을 쓰고 있기에 평소 딸의 성향을 잘 알고 있는 내가 가져와 마무리를 했다. '부모님께서 바라시는 아이의 장래희망'란에는 '직업의 유불리를 떠나 육신의 자유는 차치하고서라도 자유로운 영혼으로 살아가길 바랍니다'라고 적어주었다. 딸을 위한 아빠의 마음이었다.

어느 사이좋은 세 명의 친구가 있었다. 고등학교 동기인 세 사람은 신년을 맞이하여 서해안 태안반도로 일출을 보러 갔다. 얼마 안 있으면 모두 군 입대도 해야 하는 그들은 우리나라가 하필 지구촌의 마지막 분단국가라는 현실을 탓하며 분기탱천憤氣撑天하여 밤새 술을 마시며 젊음을 불살랐다. 젊음을 불사르며 늦게까지 술과 함께한 아침의 대가代價는 혹독한 숙취로 인한 피로였다. 그래도 일출을 보기 위해 일부러 서해바다까지 온 것이 아니던가.

셋은 아픈 머리와 쓰라린 속을 부여잡고 해가 미처 뜨지 않아 어슴푸레한 서해바다로 터덜터덜 걸어 나갔다. 센스 있는 친구 한 명이 준비해 온 캔 커피를 한 모금씩 마시며 해가 언제 뜨나 한참 동안이나 바다를 쳐다보며 기다리고 있었다. 분명 아침 7시가 넘어서 날은 서서히 밝아오고 있는데 저기 수평선 너머에서는 도무지 해가 떠오를 생각을 하지 않는 것이었다. 조금 더 기다려서야 세 명의 친구들은 왜 저 멀리 바다에서 해가 떠오르지 않는지를 알게 되었다.

그렇다. 그곳은 바로 '서해西海'였던 것이다. 해는 등 뒤에서 떠오르고 있었다.

웃자고 만든 이야기인지 실제 있었던 일인지는 모르겠지만 꽤나 재미있는 스토리라 지인들에게 종종 들려주곤 한다. 멋진 일출을 보기 위해서는 동해로 가고 아름다운 낙조를 보기 위해서는 서해로 가야 한다. 일출보다는 일몰을 좋아하는 나는 종종 서해를 찾는다. 서해를 마주칠 때마다 거듭 느끼는 거지만 서해바다의 낙조는 짙은 자몽색의 정열적이고 환상적인 노을을 선사한다. 나는 서해를 올 때마다 이 이야기를 떠올리며 등 뒤를 바라보고 미소를 짓곤 한다.

이날은 등 뒤에 서 있는 사랑하는 딸을 보며 미소를 보냈다. 누구보다 자유로운 영혼인 사랑하는 딸이 육신의 자유는 차치하고서라도 부디 영혼의 자유를 누리며 세상을 살아가기를 간절히 빌었다.

29

가르쳐줄 수 없는 여행

보고 자란 것이 무섭다고 했던가. 어느 날 아들이 나에게 이렇게 말을 건넸다.

"아빠, 나도 아빠처럼 넓은 세상을 다니며 여행하고 싶어."

"여행 좋지. 여행만큼 인생을 배우기 좋은 것도 없지. 스무 살 넘으면 좀 더 넓은 세상으로 여행을 다니는 기회를 가져보도록 하자. 책이나 학교에서 배울 수 없는 좋은 공부를 여행을 통해 많이 할 수 있을 거야."

"아빠랑 같이 외국 배낭여행 다니면 재밌겠다. 아빠, 나한테 여행하는 법 알려줄 거지?"

"사랑하는 아들아, 자고로 여행이란 것은 가르쳐줄 수가 없단다. 제환공과 윤편의 이야기를 들려주지 않았느냐. 자고로 여행이란 것은 말이지……."

"혈! 알았어. 나 혼자 다닐게. 우리 따로 다니자."

"아니, 그게 아니고, 말을 끝까지 들어봐야지. 쉽게 가르쳐줄 수가 없지만 아빠가 아들에게는 특별히 가르쳐주도록 하마. 걱정 말거라."

"됐거든! 흥, 칫, 뿡!"

《장자(외편)》〈천도〉에 보면 이런 이야기가 나온다.

춘추시대 초기 제나라 군주인 환공이 대청 위에서 열심히 책을 읽고 있을 때 대청 아래에서 수레바퀴를 깎고 있던 노인 윤편이 망치와 끌을 놓고서 환공을 올려다보며 물었다.

"감히 묻겠습니다. 왕께서 읽으시는 것이 무슨 책입니까?"

"성인의 말씀이네."

"그렇다면 그 성인은 지금 살아계십니까?"

"이미 오래전에 돌아가셨느니라."

"그렇다면 지금 왕께서 읽으시는 것은 옛사람의 찌꺼기이군요."

그러자 환공이 화가 나서 말했다.

"감히 과인이 글을 읽는데 수레바퀴나 깎는 목수인 네놈이 무얼 안다고 함부로 참견이냐? 지금 한 말에 변명할 구실이 있으면 좋거니와 이치에 맞는 설명을 하지 못하면 죽으리라."

그러자 윤편이 대답했다.

"저는 제 일의 경험을 통해 말씀드리는 것입니다. 수레바퀴를 깎을 때 느긋하게 깎으면 헐거워져 꼭 끼이지 못해 쉽게 빠져버리고 빨리 깎으면 빡빡해서 들어가지도 않습니다. 그래서 빨리 깎지도 않고 느긋하게 깎지도 말아야 합니다. 이것은 손에 익혀 마음으로 짐작하는 것이라 입으로는 표현할 수가 없습니다. 정확한 수치가 중간에 있기는 하나 저는 그것을 제 자식에게도 가르칠 수가 없고 제 자식도 그것을 저에게 배워갈 수가 없어서 제 나이 일흔이 넘도록 직접 제 손으로 수레바퀴를 깎고 있습니다. 옛날의 성인도 마찬가지로 자신이 깨달은 바를 정확히 전하지 못하고 죽었을 것입니다. 그러니 지금 왕께서 읽으시는 그 글이 옛사람의 찌꺼기가 아니고 무엇이란 말입니까?"

이 말을 듣고 제나라 환공이 옳다고 여겨 윤편에게 죄를 묻지 않았다고 한다. 아마도 말년에 올바른 정치를 하지 못하면서 책만 읽고 있는 환공을 일깨워주기 위한 윤편의 지혜였을지도 모른다. 좋지 않은 시절 나라를 돌보기보다 책을 통한 지식만 얻고 있는 환공에 비해 평생을 바쳐 노인이 아닌 도인의 경지에 올라 사물의 이치를 깨달은 목수 윤편이 더 현명해 보이는 일화이다. 책을 읽되 책 속에만 갇혀 있지 말고, 책의 본질을 깨달아야 할 듯하다.

현자顯者는 선자先者의 경험을 책으로 배운다는 말이 있다. 현명한 사람은 앞서 살았던 사람의 경험을 책으로 배운다는 말이다. 맞는 말이다. 제환공은 선자의 경험을 책을 통해 배우고자 했으니 현자라고 할 수 있겠다. 하지만 선자의 반열에 있었던 윤편에게 환공은 한 수 접어줄 수밖에 없었던 듯하다.

현자는 선자의 경험을 책으로 배운다고는 하지만 실전 경험이 없

여행이나 삶은 가르쳐줄 수가 없다.
실전 경험을 통해 스스로 알아가는 시간이 필요하다.
부모가 먼저 깨우치고 실천하며 살아가는 모습을 보고
자식들은 자연스레 따라갈 뿐이다.

으면 안 되는 것들이 있다. 책을 통해 배울 수 있는 것이 있고, 경험을 통해 얻을 수 있는 것이 있다. 선자가 쌓은 경험을 책으로 엮지 않았다면 어찌 현자는 책을 통해 선자의 지식을 얻을 수 있겠는가. 책과 실전 경험을 잘 구분하고 판단해서 행해야 한다. 경험을 통해 얻은 것이든 책을 통해 얻은 것이든 결국 삶이란 본인의 의식적 노력이 무척이나 중요하다.

　부모는 자식에게 살아 있는 거울과도 같다. "공부해라", "바르게 행동해라", 굳이 말할 필요가 없다. 부모가 먼저 책을 읽고, 올바른 행동을 보여주는 것이 가장 좋다. 사실 아이들에게 매번 좋은 모습을 보여주기는 힘들다. 우리 인생에서 가장 어려운 역할이 부모 역할 아닌가. 그래서 더욱 가치 있는 것이니 좋은 모습을 보여주려 노력해야 한다. 조금 어렵더라도 일신우일신日新又日新하며 꾸준히 실천하는 모습을 보여주는 것이야말로 아이의 삶에 가장 귀한 본보기가 된다. 부모가 몸소 보여준 삶이 자식에게 가장 소중한 유산이 된다는 것을 부정할 수 없다.

　그리고 재밌는 사실이 있다. 세상의 많은 스승들은 진리를 단편적으로 바로 말하지 않는다는 것이다. 이야기와 우화를 통해 제자가 깊은 생각을 한 끝에 스스로 깨우치도록 만든다. 바로 제자를 잠들지 않게 하기 위해서인데, 밤새 진리만 딱딱하게 늘어놓으면 제자들은 지루해서 잠이 들 것이다. 깨달음을 위한 가장 좋은 방법은 스스로 깨우치는 것이지만, 많은 사람들은 지혜로운 스승의 가르침을 필요로 한다. 지혜로운 스승의 역할은 부모가 해주는 것이 가장 좋고, 지혜로워지기 위해서는 부모가 먼저 깨우쳐야 한다. 깨우침은 많은 경험과 독서와 사색을 통해서 가능하다. 아이의 질문에 자신이 아는 모든 이야기를 총동원한 후 각색해서 재미있게 들려주어, 아이가 이야기 속에서 깨달음을 찾을 수 있도록 하자. 책을 통한 깨달음을 넘어 부모라는 스승에게서 배운 아이는 평생 잊히지 않는 소중한 자산을 간직하게 될 것이다.

삶은 행복과 불행, 기쁨과 슬픔, 행운과 고난이 연속하는, 장편의 드라마와도 같다. 아이와 함께 만들어가는 시간 속에서 하루하루의 발전된 삶이 아름다운 당신에게도 있기를 소망한다.

30

아버지가 아들에게
보내는 편지

사랑하는 아들아.

2005년 10월 첫날. 아빠는 네가 태어난 날을 잊을 수가 없단다.

새벽 5시. 네 엄마가 나를 급하게 부르는 소리에 눈을 떠서 거실로 나갔다. 평소와는 달리 이른 새벽에 거실 불이 켜져 있었고, 바닥을 보니 안방에서 화장실까지 핏자국이 이어져 있었다. 깜짝 놀라 핏자국을 따라가 보니 네 엄마는 어찌할 줄 몰라 하며 아빠에게 도움을 청하는 당황스러운 눈빛을 보내며 화장실에 앉아 있었다.

출산 예정일이 아직 멀었는데 이게 무슨 일인가 싶었다. 깜짝 놀라 하혈을 하는 엄마를 수건으로 받치고 정신없이 뛰어나갔다. 평소라면 병원까지 20분 가까이 걸리는 거리를 비상등을 켜고 미친 듯이 운전해 10분도 되지 않아서 병원에 도착했고, 정신없이 병원으로 뛰어 올라갔다.

병원에서는 네 엄마가 하혈을 한 이유는 태반 박리로 인해서였다고 했고, 바로 제왕절개 수술을 시작했다. 일각이 여삼추 같다는 말을 그제야 실감을 했단다. 새벽부터 피로 얼룩진 집 안 모습을 보아서 그랬는지 정신이 없었고, 정말 피를 말리는 초조한 시간이 지나서 엄마도 너도 무사하다는 소식을 전해 듣는 순간 비로소 한숨을 돌리게 되더구나. 병원에서 엄마와 네가 모두 괜찮으니 집에서 조금 쉬다가 오라고 해서 놀란 가슴을 진정시키고, 집으로 돌아와 엉망이 되어버린 집을 정리하고 식사를 하고 있었다. 그 순간 어딘가에서 또 전화가 오더구나. 불길한 예감은 한 번도 빗나간 적이 없었다. 꺼림칙한 마음을 뒤로하고 전화를 받았다. 병원이었다.

아이가 숨을 잘 못 쉰다고 하더구나. 이게 무슨 소린가 싶어서 따지듯 물었다. 그러면 태어나자마자 바로 이야기를 해야지 지금 이야기를 하면 어찌 하냐고…….

상황을 더 따져 물을 새도 없이 들고 있던 수저를 집어던지고, 다시 미친 듯이 병원으로 향했다. 돌이켜 생각해보면 이날 두 번의 병원행은 아빠의 인생을 통틀어 가장 정신없었던 질주가 아니었나 싶구나.

병원에 도착하니 네가 호흡이 불안정하다고 하더구나. 이유는 신생아 빈 호흡이었고 간혹 신생아들에게 그런 경우가 발생하는데 폐가 제대로 펴지지 않아서 신생아 빈 호흡이 발생할 수 있다고 했다. 생각할 겨를도 없이 그런 너를 급히 근처에 있는 대학병원 신생아

처음에는 힘들게 태어난 아들의 건강에만 초점을 맞췄다.

하지만 어느 순간 아들에 대한 기대가 점점 높아짐을 느낀다.

아빠의 기대감이 어깨를 짓눌러 아들에게 부담감으로 작용하지는 않을까……

그런 생각들을 하며 지나온 날들을 돌이켜본다.

응급실로 옮겼다. 신생아 중환자실로 옮겨진 너는 바로 인큐베이터로 들어갔다. 코와 입 등 온몸에 호스와 바늘을 꽂고 있는 너를 보며 하늘이 무너지는 느낌을 받았다. 설상가상으로 황달도 와서 안대를 끼고, 광선치료를 함께 병행하는 너를 보고 있으니 세상이 원망스럽더구나.

마치 100m 달리기를 하고 난 후 헉헉거리며 숨을 몰아쉬듯이 살기 위해 쉴 새 없이 숨을 가쁘게 몰아쉬는 너를 지켜보며 '어른도 저렇게 숨을 쉬면 힘이 들 텐데, 이 어린아이가 얼마나 힘이 들까?' 하는 생각이 들었다.

평소 눈물이 없는 나였지만 그로부터 일주일이 넘는 시간 동안 네가 치료되는 과정을 지켜보며 하염없는 눈물을 흘렸다. 종교가 없는 나였지만 그때는 세상 모든 신들에게 기도를 했단다.

"이 아이를 살릴 수만 있다면 무슨 짓이라도 하겠으니, 만일 내 목숨을 거둬가는 대신 이 아이를 살릴 수만 있다면 제발 그렇게 해주세요."

매일 오전과 오후. 하루 두 번씩 너의 면회를 마치고 나오며, 병원 앞 벤치에 앉아 미친 듯이 기도를 하며 눈물을 흘렸단다.

지성이면 감천이라고 했던지 네 상태는 조금씩 나아졌고, 일주일이 지나며 네 몸에 생명줄처럼 연결되어 있던 호스와 바늘이 하나씩 떨어져나가며 비로소 안도의 한숨을 내쉬게 되었다.

네가 그런 상태라는 것을 알면 걱정할까 봐 처음에는 엄마에게 사실을 알리지 않았고, 예정일보다 일찍 제왕절개로 태어나 지금 인큐베이터에서 건강하게 잘 지내고 있다고 했다. 네가 태어나고 며칠 동안 아이의 얼굴을 볼 수 없었던 네 엄마에게 네가 조금씩 상태가 나아지면서야 이야기를 해주었고, 한동안 아이의 얼굴을 볼 수 없어 불안해하던 네 엄마는 그제야 마음을 놓더구나.

네가 대학병원에서 퇴원하고, 네 엄마와 함께 산후조리원으로 옮겨진 그날이 나에게는 얼마나 행복한 날이었는지 모른다. 평소 건강하게 살아서 건강의 소중함에 대해 알지 못했는데, 이 일을 계기로 가족의 건강이 얼마나 소중한 자산인지 비로소 알게 되었다.

네가 커나가면서 아빠의 관심은 오로지 하나였다. 너의 건강. 다른 건 아무것도 필요 없었고 오로지 너의 건강만을 생각하며 너를 키웠단다. 그래서 네가 다섯 살이 되던 해부터 운동을 시켰고 무엇보다 네가 건강하게만 자라주는 것이 나의 염원이었다.

나의 바람대로 너는 합기도, 해동검도, 무에타이, 주짓수, 복싱 등 여러 운동을 경험하며 건강하게 잘 자라주었다. 네가 무얼 배우던 그 이상으로 잘 해나가는 모습을 보며 너에 대한 기대감이 점점 커지게 되더구나. 운동을 할 때도 시합에 나가면 늘 우승을 하고, 기타를 가르쳐도 곧잘 따라 하고, 바둑을 가르치니 4년이 채 되지 않아 아마 4단의 실력이 되는 너를 보며 운동에 대해서나 다른 취미나 공부에 대해서도 더 많은 기대를 하게 되었다.

네가 커가며 때로는 아빠의 기대감이 어깨를 짓눌러 사랑하는 우리 아들에게 부담감으로 작용하지는 않을까 생각하며 지나온 날들을 돌이켜본단다. 15년 전 네가 태어나 생사의 기로를 넘기고, 건강하게 자라 지금 잘 지내고 있는 일상을 생각한다면 너에게 바라는 것은 '건강'으로 족해야 할 것인데, '자식의 행복'을 위해서라는 아빠의 어긋난 욕심과 기대감으로 인해 혹여나 아들 삶의 무게가 더해지지는 않을까 걱정이 되는구나.

평소 우리가 자주 사용하는 '자유로운 영혼'이라는 말처럼 아들이 누구보다 자유로운 삶을 살아가기를 바란다. 세상을 떠돌아다니는 방랑자처럼 육신의 자유와 영혼의 자유를 함께 누리며 살아가기는 힘들지 모르겠으나, 독서와 사색을 통한 영혼의 자유는 최소한 자기 마음먹기에 따라서 얼마든지 누리며 살아갈 수가 있을 듯하구나. 세상을 살아가며 안주하지 말고 영혼의 자유를 누리며 끊임없이 스스로를 성장시키는 사람이 되기를 바란다.

앞으로 더 성장하여 네가 하고 싶은 일들을 하며, 세상을 살아나갈 때 분명 좋을 때도 있지만 세상 풍파에 시달려 힘이 든 시기도 겪을 것이다. 그때는 언제나 아빠라는 든든한 고목이 곁에서 너를 지켜주고 있다는 생각을 하면 네 삶에 자그마한 도움이 될 것이다. 또한 너를 향한 아빠의 한없는 사랑이 항상 너를 지켜주고 있을 것이니, 안심하고 넓은 세상을 세상보다 더 큰 가슴으로 품고 살아가기를 바란다.

이 넓은 우주에서 불가능에 가까운 확률을 넘어 부모와 자식이라는 귀한 인연으로 만난 우리, 때로는 친구처럼, 때로는 선후배처럼 함께 세상을 살아온 우리가 생이 다하는 그날까지도 지금과 같은 좋은 관계가 이어지기를 바란다. 아울러 한평생 너의 아빠로 살았다는 고마움과 네가 나에게 준 사랑과 기쁨은 결코 잊지 못할 것이다. 아빠도 아빠가 처음이라 서툴고 부족해서 늘 미안한 마음을 가지고 있지만, 너무나도 멋진 너라는 아들을 만나 삶이 한층 더 의미 있었단다.

사랑하는 아들아.

나의 아들로 태어나줘서 너무 고맙구나. 네가 허락한다면 다시 태어나더라도 꼭 너의 아빠로 태어나 지금보다 더 큰 사랑을 너에게 주고 싶구나. 너와 함께 더 소중하고 행복한 아들과 아버지의 시간을 나누고 싶구나.

사랑한다. 나의 아들아.

아버지가 나에게
보내는 편지

졸업을 앞두고 먼 길을 떠나는 사랑하는 아들에게 부친다.

너의 누나가 결혼을 하고, 너도 새로이 이삿짐을 싸니 會者定離
회자정리: 만나면 반드시 헤어질 때가 있다라는 단어를 떠나서 여러 가지가 回
想회상 되는구나. 이제 막 社會生活사회생활을 始作시작하려는 너를 보
니 한편 대견스럽고, 또 다른 면에서 걱정도 되는 것이 父母부모의
솔직한 心情심정이구나.

너는 大學生活 中대학생활 중 객지에서 다양한 경험을 하였으니 지
금까지의 경험만 잘 活用활용하더라도 네가 사회생활을 해 나가는
데 큰 자산이 되리라 생각한다. 아버지의 경험으로, 사회생활에서
술(음주운전 포함)과 마약, 여자관계, 폭력 행위, 타인에 대한 채무보

증 등은 단 한 번의 실수로 자칫 자신의 人生인생을 다시는 돌이킬 수 없는 나락으로 떨어뜨려버린다는 것을 다시 한 번 가슴 깊이 새겨두기 바란다.

在學 中재학 중일 때는 조그만 잘못이 있어도 학생 신분이 커다란 보호막이 될 수 있으나, 사회생활에서는 오직 자신의 책임하에 권리와 의무를 다하여야 하기 때문에 어느 면에서 조그만 실수도 용납될 수 없음이 냉엄한 현실이니 사회를 똑똑히 직시하기 바란다. 그러나 따뜻한 부분, 따뜻한 사람들도 많이 있으니 本人본인의 責任책임하에 친구, 선후배, 남녀노소를 교제하되, 자신의 行動행동에는 항상 책임과 의무가 뒤따르게 된다는 것을 다시 한 번 강조한다.

많은 사람을 알고 사귀는 것도 좋으나 人間인간의 能力능력으로는 매사 한계가 있으니 많은 사람보다 적더라도 진실된 친구, 진실된 선후배를 사귀는 것이 훨씬 값진 일일 것이다. 사람을 처음 만날 때 어떤 점쟁이도 그 사람의 속내를 다 알 수 없다. 그러나 만나는 횟수가 반복되면 '이 사람이 어떤 사람이다'는 것을 금방 알 수 있게 되는 바, 아니다 싶을 때는 그 관계를 과감히 또는 서서히 정리하여야 한다. 사람과 사람의 만남이 (그것이 남녀노소 누구이든 불문하고) 곧 개인의 人生인생을 좌우하게 된다는 것을 반드시 명심해라. 이는 네가 아버지의 아들로 태어나 어머니, 아버지를 만나 너의 오늘이 있게 되었음을 돌이켜보면 自明자명해질 것이다.

나의 아버지와 아들.

우리는 '가족'이다.
가끔은 남보다 불편하고, 때로는 너무도 애틋한 가족이라는 관계 속에서
때로는 그 의미를 한번 되짚어볼 필요가 있지 않을까…….

할 말은 많이 있다만 많은 이야기, 긴 이야기가 항상 좋은 것은 아닐 것이다. 긍정적인 사고와 자신감을 갖되 매사에 겸손함을 잃지 마라. 지나친 독선과 자만, 오만방자함은 주위를 잃게 하니 항상 이를 경계하라.

건강의 重要性중요성은 새삼 이야기하지 않을 터이니 술節酒, 담배禁煙, 女子·여자에 유의하라.

앞으로 네가 어떻게 살아갈지, 어떻게 될지, 어떤 모습으로 가끔 아버지를, 집을 찾아오는지 너 人生인생에 대해서 아무도 모른다. 오직 지금부터 너 하기 나름이며 아버지는 혼자 내일의 멋진 너를 그려본다.

어쩌다 가끔(정말 거의 없는) 조건 없는 우정, 조건 없는 사랑이 一生일생에 한두 번 있을 수 있으나 그런 주택복권 당첨확률 같은 일은 극히 없으니 기본적으로 인간 생활에서 "공짜는 없다", "세상에 비밀은 없다"는 기본 원칙을 갖고 생활하면 나중에 후회하지 않고, 실패 확률이 적어진다.

有備無患(유비무환: 미리 준비하면 근심이 없다)

비 오기 전에 우산을 (해가 쨍쨍할 때 우산을)

돈 떨어지기 전에 비상금을 (잘 나갈 때 안 좋아질 때 생각을)

아프기 전에 건강을 (건강할 때 건강을 조심)

항상 무엇이든 나빠지기 전에 조심하고 준비하라는, 좋은 말인 것 같구나.

2002. 1. 14(月)
아들딸을 나 자신 이상으로 사랑하는 아버지 씀

※ 시간 나면 P.C. 入力입력해서 아버지한테서 이런 편지 왔다고 어머니에게 보내거라. (아버지 자랑 좀 하게…….)

에필로그

아버지와 내가 함께한 여행을 기억해보았지만 아버지와 단둘이 여행을 떠난 적이 한 번도 없었다. 아쉬운 마음이 드는 동시에 한편으로는 다행이다 싶기도 했다. 만약 어린 시절 그렇게 무서워했던 아버지와 단둘이 여행을 떠났더라면, 나는 아마도 숨이 막혀 뒷일은 생각지도 않고, 아버지가 주무시는 틈을 타서 야밤에 탈출을 감행했을지도 모른다. 하긴 그 시절 아이와 단둘이 여행을 떠날 만큼 살가운 아버지들이 몇이나 되었을까 싶기도 하다. 그때 아버지들은 엄하기가 이를 데 없어서 농담 삼아 말하는 경상도 사투리처럼 "왔나", "묵자", "자자" 이 세 마디로 모든 게 통용되는 듯했다. 이상하게도 그 시절 아버지들은 마치 모두가 자식들에게 엄하게 대하자고 어디선가 단체로 모여 약속이라도 한 듯이 모두가 엄했다. 최소한 내 주위 이야기를 들어보면 전부 그렇다.

하지만 가족여행은 제법 다닌 기억이 있다. 산과 계곡, 놀이공원 등 제법 그럴싸한 곳으로 여행을 다녔다. 여행은 대부분 아버지 친구 가족들과 함께였고, 어른은 어른들대로 아이들은 아이들대로 함께 어울렸다. 돌이켜 생각해보면 뭐가 그리도 바빴던지 계곡에서는 끊임없이 물속을 뒤지고, 놀이공원에서는 계속해서 놀이기구를 탔던 기억이 난다. 그 시절 온 가족이 함께 즐겼던 시간 속에서 희미하지만 마주보며 웃었던 아버지와의 추억을 회상하곤 한다.

언젠가 아버지와 단둘이 떠나는 여행을 한번 계획해볼까도 생각해 보았다. 하지만 확실히 엄한 아버지와의 여행은 단둘보다는, 가족과 함께하는 것이 더 나을 듯했다. 평생을 어색한 관계로 지내온 터라 어느 순간 그 어색함 속에서 서로의 익숙함을 발견했다. 지금은 아버지는 아버지의 방식으로, 나는 나의 방식으로 서로를 생각하고, 사랑하는 시간을 이어가고 있다.

삶은 재미있어야 한다. 너무 진지하기만 해서도 안 되고, 너무 가볍기만 해서도 안 된다. 진지함과 가벼움의 절묘한 조화가 이루어질 때 비로소 우리 삶이 재미있어지고, 그 가치가 더 빛날 수 있다. 여행은 우리가 살아가며 진지함과 가벼움을 동시에 배울 수 있는, 즉 재미있게 삶을 즐길 수 있는 좋은 방법 중 하나이다.

우리는 일생을 살아가며 많은 여행을 한다. 우리에게 과연 여행은 무엇일까?

지금까지 많은 여행을 해보았고, 많은 사람을 만났고, 많은 대답을 들었다. 여행이란 무엇인가에 대한 수많은 대답들이 있었지만, 내가 생각하는 여행은 '만남'이 아닐까 싶다. 새로운 장소와의 만남, 새로운 사람들과의 뜻하지 않은 만남이 바로 여행인 듯하다. 그중 최고는 평소에 미처 만나기 힘들었던 '자기 자신과의 만남'이다. 여행의 의미 중 '만남'을 최고의 가치로 친다면 자기 자신과 만나는 그것이야말로 가장 소중한 '만남'이 아닐까 생각한다.

살아가며 나 자신과 마주칠 일이 생각보다 별로 없다. 하지만 여행은 그것을 의외로 쉽고 자연스럽게 가능하게 만들어준다. 평소에는 하기 어려웠던 일을 조금은 쉽게 만들어주는 것이 여행이다. 인간이 살아가면서 할 수 있는 가치 있는 많은 일들 중 가히 으뜸으로 꼽을 수 있는 것이 여행이 아닐까 생각한다. 어차피 우리는 이 세상에 한 번 태어나서 살다가 다시 흙으로 돌아가는 인생이란 여행길의 방랑자가 아닌가.

다람쥐 쳇바퀴 같은 일상에서 벗어나기 위해 여행을 시작했다. 여행을 오래하다 보니 어느 순간 여행은 나에게 익숙해져버렸고, 그 익숙해진 여행이 나의 일상이 되어버렸다. 그리고 일상 같은 여행에서 벗어나 처음 여행을 떠나기 전 예전의 일상으로 돌아왔을 때 마주친 나의 일상. 그렇게 마주친 나의 일상이 순간 서먹해졌다. 바로 그때 갑자기 궁금해졌다. 과연 내 삶은 어디서부터 여행이었던 것일까? 나는 언제 어디서부터 여행을 시작했던 것일까? 이런 생각을 하며 여행 같은 낯선 일상으로 돌아왔고, 반복되는 낯선 일상은 어느 순간엔가부터 또 익숙함으로 변해갔다. 다시 익숙해진 일상으로 돌아온 후에도 지금까지 나의 여행은 계속되고 있다. 사랑하는 아들과 함께…….

지금까지 여행을 한 경험과 여행을 하며 생긴 다양한 만남은 분명 내 삶을 관통하는 큰 이슈가 되었다. 평생 동안 삶의 여운으로 남아 수시로 떠오르며 내 삶의 크나큰 원동력이 되고 있다. 이제는 더 이상 혼자 하는 여행이 아닌 사랑하는 사람과 함께 떠나는 여행으로 만들어가고 있다. 하지만 언제 또다시 혼자 배낭을 꾸리고 있을지 모를 일이다. 지금도 나에게는 여행이 현재진행형이다.

지금 바깥에는 바람이 분다. 늘 그렇듯이 이 바람은 나를 현재에서 벗어나 또 다른 어딘가로 이끄는 듯하다.

"아들! 우리 다음 여행은 어디로 떠나볼까?"

부디 독자 여러분이 바라는 세상과 살아가는 세상이 언제나 함께 이어지기를 바란다.

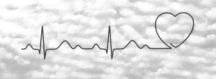

내가 책을 읽고 있는 지금 이 시점의 내 삶이

일상 같은 여행인지, 여행 같은 일상인지,

다시 한 번 생각하며 첫 장부터

책장을 천천히 다시 넘겨보기 바란다.

관점을 조금만 바꾸면 똑같은 책의 내용도,

똑같은 내 삶도 조금은 다른 느낌으로 다가올 것이다.

아들과 아버지의 시간

초판 1쇄 발행 _ 2020년 8월 25일
초판 3쇄 발행 _ 2020년 8월 30일

지은이 _ 박석현

펴낸곳 _ 바이북스
펴낸이 _ 윤옥초
책임 편집 _ 김태윤
책임 디자인 _ 이민영

ISBN _ 979-11-5877-187-4 03810

등록 _ 2005. 7. 12 | 제 313-2005-000148호

서울시 영등포구 선유로49길 23 아이에스비즈타워2차 1005호
편집 02)333-0812 | 마케팅 02)333-9918 | 팩스 02)333-9960
이메일 postmaster@bybooks.co.kr
홈페이지 www.bybooks.co.kr

책값은 뒤표지에 있습니다.
책으로 아름다운 세상을 만듭니다. ― 바이북스

미래를 함께 꿈꿀 작가님의 참신한 아이디어나 원고를 기다립니다.
이메일로 접수한 원고는 검토 후 연락드리겠습니다.